EL DIA QUE EL MÓN VA FER UN PET COM UN AGLÀ

Pere Gorgoll Noell

EL DIA QUE EL MÓN VA FER UN PET COM UN AGLÀ

Premi Roc Boronat 2023

AMS
TER
DAM

Amb la col·laboració de:

ONCE

Primera edició: setembre del 2023

© D'aquesta edició:
Editorial Amsterdam
Perú, 186
08020 Barcelona
www.amsterdamllibres.cat

Edició a càrrec d'Aissata M'ballo
Correcció: Elisabet Kamal
Maquetació: Octavi Gil Pujol
Disseny de col·lecció i coberta: Andreu Gallart
Impressió: Romanyà Valls

ISBN: 978-84-19960-01-6
Dipòsit Legal: B 14953-2023

A la música dels Beatles, al cafè sense sucre
i a les cerveses 0.0 de marca blanca, companyes
inestimables durant les llargues hores d'escriptura.

«Seria l'existència el nostre exili i el buit la nostra pàtria?»

EMIL CIORAN

1

Els quatre líders mundials seien al voltant d'una taula ovalada, de dimensions perceptiblement desmesurades, amb els rostres entre expectants i circumspectes. L'atmosfera de la sala (que podia ser de reunions però també d'especejament) era freda i compungida, ombrada tímidament per la llum somorta que emergia d'uns petits aplics de color blavís alineats amb precisió geomètrica en unes parets pintades pulcrament de blanc anèmic o potser, afegint-hi una bona dosi de generositat creativa, de gris insinuat. Uns quadres que reflectien paisatges inversemblants acabaven de donar a l'estança un aire de gèlida irrealitat. Hi havia també una cinquena presència, Milet d'Arboç, que no era cap líder mundial, sinó un ésser fugaç i exigu (gairebé immaterial) originari d'un país encara sense nom, un dissortat i depriment territori «escopit sobre els excrements fumejants de l'antihistòria», una definició extreta precisament del pensament de Milet d'Arboç, un expert en coses de les quals no era expert ningú.

Els quatre líders mundials examinaven amb atenció el contingut d'uns folis escampats desordenadament sobre la taula. N'hi havia de colors i mides diversos, la qual cosa transmetia un aire d'informalitat i lleugeresa a la taula i, per extensió, al conjunt de la sala, i trencava, d'aquesta manera, la irritant i poc o gens assimilable funcionalitat ambiental. El líder mundial A (que semblava més líder que els altres tres) va fer un esbufec, tan histriònic com sorollós, i va mirar fixament Milet d'Arboç.

—Senyor D'Arboç, no l'enganyaré pas: la situació és extremament delicada.

Els altres tres líders mundials van exhibir un desvagat gest facial d'assentiment, però, malgrat la indiferència aparent, era un rictus clarament ansiolític, embolcallat per un sofriment psíquic (o potser moral) intens, que insinuava (més que no pas verificava) un estat de coses d'allò més excepcional que havia de ser analitzat amb una severitat escrupolosa, sense reticències ni ambigüitats.

—Insostenible! —va afegir reblant el clau amb un nerviosisme gairebé psicòtic la líder mundial H.

El líder mundial Z i el líder mundial W, en canvi, no van dir res, però se'ls veia abatuts i migranyosos, probablement somnolents, i es van limitar a entaforar la cara entre les mans i tancar els ulls amb força, com si intentessin resoldre una equació de segon grau insòlita i inesperada o desxifrar els accents rítmics d'un poema encara per escriure (o simplement com si no haguessin dormit prou).

—Senyor D'Arboç, li seré franc, si vostè no s'avé a col·laborar, haurem de prendre mesures que no agradaran a ningú. —Havia tornat a parlar el líder mundial A, un home petit i rabassut, calb, amb cara de mitja lluna orbitant sobre el greix del coll, posseïdor d'unes celles densament poblades i, sobretot, escassament sinceres—. La vida al nostre malaguanyat planeta penja d'un fil, un fil molt prim. I els fils molt prims, cregui'm, s'acaben trencant. —Va observar els altres líders mundials a la recerca d'una complicitat explícita abans d'afegir—: No sé si m'he explicat prou bé.

Milet d'Arboç es va moure inquiet a la cadira i el va mirar de cua d'ull. Hi havia alguna cosa repulsiva en aquella substància més o menys pensant. La solemnitat amb què parlava transmetia al seu cos boterut i llustrós una repugnància subjacent i una lletjor extrema i grotesca, una manifestació de primitivisme xaró i obsolet, una deriva lògica de la lassitud argumental i de l'actitud de condescendència de baixa estofa, barata i ofensiva de qui l'assumeix com a exemplar. Milet d'Arboç no va saber què dir, va ser incapaç de deduir amb rigorositat científica què li demanava el líder mundial A. Per això va fer un gest d'alleujament quan la líder mundial H va respondre per ell.

—Em sembla que s'ha explicat amb molta claredat —va confirmar al líder mundial A mentre se'l mirava amb una estupefacció que desmentia la seva afirmació—. Hi afegiria només que aquesta situació és inacceptable i, per tant, s'ha de resoldre sense més dilacions. —Va examinar Milet d'Arboç amb atenció subcutània, abans de continuar—: La nostra responsabilitat és assegurar la viabilitat dels governs per mantenir l'equilibri mundial, sense el qual el benestar dels ciutadans seria només una quimera en mans de l'atzar. I l'atzar és un factor de risc inadmissible després de tants segles de progrés a batzegades, totes, desafortunadament, contradictòries entre si. I vostè ho deu saber més que ningú, com a bon expert en dialèctica hegeliana. —Va callar durant uns segons per recrear-se amb l'efecte que havien provocat les seves paraules, però de sobte es va adonar que l'última frase que havia pronunciat era una giragonsa digna d'una pedanteria que, com totes, no seguia cap raonament intel·ligible, i, per tant, havia d'afegir-hi alguna explicació, per tòpica que fos, que la justifiqués ni que fos una mica—. Resumint, senyor D'Arboç, si no col·labora hi ha el perill de perdre tot el que tant ens ha costat de guanyar. I la humanitat no s'ho pot permetre. Em sembla que vostè és prou intel·ligent per intuir que no som aquí per jugar a fer la puta i la Ramoneta ni per perdre el temps amb consideracions inútils sobre el sexe dels àngels.

La líder mundial H era alta i escardalenca, ossuda, gairebé esquemàtica. Uns cabells sense color descriptible recollits en un monyo subjectat al clatell apaivagaven la sensació de vertigen que transmetia el seu cos abissal en procés d'enrunament. Els líders mundials Z i W van apartar (simbòlicament) els papers que tenien al davant i la van mirar (també simbòlicament) amb una fecunda estupefacció no gaire ben dissimulada.

—Potser no estem encarant la conversa de manera adequada —va opinar el líder mundial Z, propietari d'una veu que xiuxiuejava, més que no pas pronunciava, les paraules, i d'una massa corporal adiposa que ranciejava, més que no pas revellia, sobre el substrat hormonal, i que estava estrafolàriament coronada per un manyoc informe de cabells minimalistes, cantelluts i aleatòriament emblanquinats que queien amb desordre sobre uns ulls recautxutats.

—Senyor D'Arboç —el va tallar tot d'una amb una veu intencionadament bruta el líder mundial W, recollint els dubtes que havia expressat el líder mundial Z i decidit a desbrossar un nou camí que capgirés aquella conversa (per ara) improductiva—, què li suggereix el nom d'Elisenda d'Avellaneda?

Milet d'Arboç va fer un gest imperceptible amb les celles i va arrugar el front. Va deixar vagar la mirada per la taula, que cada vegada li semblava més desmesuradament hiperbòlica, i va tancar els ulls. Sempre tancava els ulls (entesos com a focus de representació del món) quan alguna cosa l'extirpava de la seva reduïda zona de confort. I la Senda era precisament un ésser taxatiu i caparrut (i desnaturalitzat) en excés que l'havia fet dubtar de les seves teories filosòfiques sobre l'amor romàntic en contacte amb les noves tecnologies.

—Senyor D'Arboç —va bramar impacient la líder mundial H—, ens està escoltant?

2

MILET D'ARBOÇ I ELISENDA D'AVELLANEDA es van conèixer mentre construïen amb precisió els respectius murs de Facebook. I van anar per feina de seguida, sense prolegòmens absurds i innecessaris. Gairebé sense proposar-s'ho, des del primer moment, des del primer *m'agrada*, es van convèncer que estaven predestinats a desenvolupar una simbiosi sense precedents. Compartien la dèria de plasmar les reflexions o les perplexitats (o potser les incredulitats) sobre la vida i —més en concret— sobre el no-res al mur, amb la significativa diferència que ell ho feia per explorar filosòficament noves formes de saber i ella per la pura necessitat de cridar l'atenció i esdevenir un ésser amb un pedigrí socialment acceptable, després d'anys i panys d'invisibilitat existencial —Milet d'Arboç era conscient de la falta de sentit de la vida i intentava viure poc; Elisenda d'Avellaneda també n'era conscient, però en canvi intentava viure molt. Tenien mil set-cents catorze amics cadascun, una coincidència significativa, tenint en compte que feia mesos que intentaven arribar als mil set-cents quinze i cap dels dos, inexplicablement, no ho aconseguia.

El dia 10 de juliol del 2010, just quan faltava un minut per a un quart de sis de la tarda, Milet d'Arboç (que era professor de Filosofia de l'Esterilitat i la Impotència Humanes a la Universitat Internacional Climent de Tramuntana) va transcriure un dels seus primmirats pensaments al mur. El va acompanyar d'una imatge de fons difuminada, uns pètals de rosa vermells sobre els quals, amb l'ajuda d'un programa de tractament fotogràfic, havia impressionat una etèria figura de dona ecofeminista en posició reflexiva, vestida amb una túnica semitransparent que deixava entreveure una figura seductora i modelada amb suavitat (seguint els estrictes paràmetres establerts per la seva caduca estètica decadentista i deixant-se impregnar per una imaginació emocionalment poc madura).

Milet d'Arboç *Pensar serà la meva tomba i la meva tomba serà la vostra condemna.*

No n'estava especialment satisfet. Les seves magnes capacitats intel·lectuals eren dipositàries de pensaments molt més complexos, però per sobreviure necessitava la dosi diària de cavil·lació subrogada sense entretenir-s'hi gaire; pensar requereix temps i espai, és una activitat inabastable i poc reconeguda, i potser per això Milet d'Arboç tendia a la síntesi conceptual, per estalviar-se les explicacions sobreres que desnaturalitzessin la seva preuada agudesa semàntica. Pocs segons després, va rebre el primer *m'agrada,* l'autora material del qual era, si els ulls no l'enganyaven (i dels ulls, qui se'n pot refiar), un ens (de naturalesa indeterminada) anomenat Elisenda d'Avellaneda. Era la primera vegada en tota una vida de decepcions metafísiques que un ésser reaccionava amb tanta rapidesa i precisió als seus suggeriments filosòfics. Era habitual que passessin uns dies de rellotge abans que algú gosés estampar-hi un conclusiu *m'agrada*, i encara acompanyant-lo d'algun comentari poc o gens intel·ligent i d'una indigència objectivament pamfletària. Elisenda d'Avellaneda era, doncs, una raresa digna d'estudi (o, si més no, una extravagància preliminar que calia investigar a fons). Aquella desconeguda tenia unes deflagracions cognitives que superaven amb escreix la mitjana. Amb suavitat, va prémer el ratolí sobre el nom per visualitzar quines subtileses amagava el mur d'Elisenda d'Avellaneda. El primer que va veure va ser una fotografia. S'hi va acostar fins que va tocar amb el nas la pantalla tàctil de l'ordinador. Era una femella ni jove ni vella d'expressió més aviat pàmfila, però no hi va donar gaire importància, podia ser una primera impressió errònia —les primeres impressions sempre són errònies i, per tant, el coneixement, que només és possible després de les impressions interpretades i representades com cal, també tendeix a l'error. Va tallar de soca-rel les reflexions incipients sobre la naturalesa de la imatge quan, astorat, va llegir, redactat de manera impecable, sense cap alteració ortogràfica, sintàctica o semàntica, el propi pensament, expressat amb tanta bellesa, al mur d'aquella singular i engrescadora desconeguda.

Elisenda d'Avellaneda *Pensar serà la meva tomba i la meva tomba serà la vostra condemna.*

Milet d'Arboç es va quedar immòbil (o més immòbil del que es quedava habitualment). Primer va sentir un desconcert sense gaires matisos que, a poc a poc, es va reconvertir en una admiració que festejava amb l'estupor d'arrel cartesiana. Es va fregar els ulls fins que es va fer mal. Se'ls va fregar un segon cop. I encara un tercer, ja del tot insensible al dolor. Era un plagi poc treballat? Una coincidència implementada entre Eros i Tànatos? La negació digitalitzada del dualisme platònic? Un advertiment de la inconsistència epistemològica del mur? O és que Elisenda d'Avellaneda era una escèptica tocada de l'ala que qüestionava l'originalitat dels pensaments de Milet d'Arboç? Perquè, en efecte, el cos lingüístic (entenedor fins i tot per a un professor de matemàtica quàntica) era el mateix, acompanyat, a més, per una imatge en essència idèntica, tot i que en lloc de la figura d'una dona s'intuïa el cos d'un home (sempre la dèria, incomprensible i ontològicament irrellevant, de compartimentar els éssers segons el sexe!), vestit, això sí, amb la mateixa túnica semitransparent d'ascendència transgènica. Malgrat les reserves inicials, un pressentiment llaminer va estremir el cos i, sobretot, la substància pensant de Milet d'Arboç. Després de comprovar la data i l'hora que constaven, amb lletres més petites, a sota del text, el pressentiment que havia tingut feia uns segons es va convertir en un altre pressentiment encara més estremidor: la desconeguda amiga digitalitzada havia penjat aquella (cada vegada més extraordinària) reflexió també quan faltava un minut per a un quart de cinc de la tarda del 10 de juliol del 2010. Milet d'Arboç va fibril·lar de plaer metafísic, però no es va voler precipitar innecessàriament amb conclusions agosarades. Abans de deixar la imaginació en llibertat (cosa de la qual era un fervorós i insubornable especialista), havia d'estar-ne segur sense fissures (malgrat que la certesa no era ni havia estat mai el seu hàbitat natural d'operacions). Va pentinar internet pacientment, a la recerca de la frase exacta o d'alguna sinonímia complementària. Podia molt ben ser que, sense adonar-se'n, tots dos l'haguessin manllevat dels munts de planes web especialitzades en la reproducció de sentències profundes i intel·lectualment econòmiques (i, sobretot, òbvies), tot i que era poc probable, perquè ell, Milet d'Arboç, era molt curós amb la transposició lingüística dels pensaments, i tots els seus pensaments eren, sense excepció, originals. No tenia cap necessitat de recórrer a frases espúries per transmetre la riquesa que bategava amb llibertat inalienable en la seva subterrània lluminositat. Tanmateix, va planificar una recerca exhaustiva que es va allargar durant hores, però tal com havia pronosticat amb encert, enlloc no va trobar cap reflexió que s'hi assemblés, ni tan sols violentant la gramàtica. Corprès (i esfereït retòricament) per la confluència d'idees amb una llaminera i inexplorada desconeguda en una mateixa dimensió espacial i temporal, amb la qual compartien, a més a més, mil set-cents catorze amics, va regalar un generós i irrecusable *m'agrada* a Elisenda d'Avellaneda. Va ser el principi d'una aventura intel·lectual i emocional que tendia a l'infinit. L'intercanvi de saviesa en forma de diàlegs socràtics perfectament estructurats els va portar, amb tota naturalitat, a enamorar-se cegament, tot i que no quedava clar ben bé de què ni, sobretot, de qui.

Van compartir, doncs, reverberacions mentals de tota mena, la majoria de les quals s'alimentaven de la redundància pròpia de qui pensa els pensaments en lloc de les impressions que generen les accions. Però hi havia una diferència significativa (i conceptualment contradictòria) entre ells: Milet d'Arboç, impregnat d'un escepticisme radical, no es creia res del que pensava, però sustentava la voluntat (no pas l'arbitrarietat) de fer possible la idealitat sense intenció de materialitzar-la, a la fi, en cap realitat sensorial, mentre que Elisenda d'Avellaneda s'ho creia tot, però convenientment canalitzat cap a un èxtasi utilitarista, presumptament amorós, egocèntric, maniacodepressiu i curt de gambals de qui es creu que tot és real si un ho vol.

Unes poques i (volgudament) mitòmanes setmanes després, van decidir deixar de comunicar-se a través de l'espai públic del mur (cap amic no tenia prou aptituds d'abstracció per copsar les subtilitats dels seus pensaments) i continuar la descoberta de les fogueres interiors en privat. I els sobris missatges es van reconvertir en llargs discursos inflamats, amb una exuberància i una sofisticació que impactaven sense reticències al bell mig del cor sagnant d'amor d'Elisenda d'Avellaneda i el cervell àvid de saviesa de Milet d'Arboç, el qual per celebrar l'avinentesa va decidir anomenar-la Senda en la intimitat del seu imaginari capitombat, i, d'aquesta manera, adaptar un nom amb pretensions aristocràtiques a la nuesa necessària de l'univers metafísic. Però aquell estat de tensió permanent no podia allargar-se gaire (quin cervell químicament equilibrat seria capaç de suportar tanta efervescència mental?) i, quan ja no sabien quins discursos empescar-se per no autoplagiar-se, van decidir conèixer-se de cos present. Va ser una decisió justa i necessària, raonada amb noblesa, fruit de la generositat en expansió dels intel·lectes respectius. Interposar la matèria carnal enmig d'aquell indici d'esgotament cognitiu podria recuperar l'energia primigènia i alhora protegir el foc interior d'aiguats inesperats.

Van planificar amb precisió exemplar la trobada carnal. Una primera bona impressió era imprescindible perquè el que Facebook havia unit no ho destarotés la prosaica i obscena realitat. La intenció no era trabucar el mur al món exterior, sinó més aviat rebregar-lo, optimitzar-lo i estendre'l més enllà de la seva àrea d'influència digital, tot adaptant-lo, amb naturalitat ecològica, a les lleis físiques i morals que regirien el nou espai curull de mestissatge sobrevingut. Un parc urbà ben conservat, sense excessos, urbanitzat adequadament, amb camins rectes i ben travats, amb arbres solidaris podats amb concisió i una gespa impecablement curta i polida (i sobretot universal i necessària) seria el noucentista (i subliminalment kantià, amb deflagracions sofistes correctores) escenari correlatiu ideal per no entrebancar-se amb obstacles adotzenats no desitjables. I un banc rústic de fusta envernissada amb austeritat, l'imprescindible suport poètic on seure, fins i tot amb grans al cul, per cristal·litzar l'efemèride.

Tot estava a punt, doncs, per al gran dia que relligaria el que el mur ja havia lligat aquell 10 de juliol del 2010 quan faltava un minut per a un quart de cinc de la tarda, quan dues ànimes en pena havien deixat de vagar sense rumb per les esquerdes cada vegada més obertes i amenaçadores dels maons del mur i s'havien instal·lat, amb més o menys comoditat, en una cavitat existencial d'aparença més habitable, però mal il·luminada i poc adaptada a la vida. I és que, tot i que eren conscients que els éssers humans formen part d'una mateixa força energètica subjacent i que els individus existeixen únicament en el pla del món com a representació, encara eren més conscients que l'esfera terrestre giravolta en un cicle infinit sense resolució: desitjar coses, aconseguir-les i després desitjar-ne més. I aquest moviment aviciat no s'atura fins a la mort. O, amb més precisió, fins al deixar de ser.

3

—No em suggereix res. És només una amiga de pensaments en essència no expressables —va respondre en veu baixa Milet d'Arboç al líder mundial W, un individu desmanegat i grenyut (tant de cos com de senderi), allunyat indiscutiblement de la contenció (en el fons i en les formes) que s'hauria de pressuposar a un dirigent de tan alt i esponerós llinatge.

—Amiga? —va cridar el líder mundial A tot posant-se dempeus amb energia—. Senyor D'Arboç, fem cara d'estúpids?

Sens dubte, el líder mundial A volia aconseguir un efecte escènic prou vistós que deixés clar que no hi hauria més concessions ni estèrils pèrdues de temps i de paciència. I que no toleraria cap digressió sobrera que l'allunyés del seu preclar, concís i irrenunciable objectiu. Va remenar frenèticament els papers que tenia estesos sobre la taula i va agafar uns folis de color fúcsia cremós.

—Sap què és això, senyor D'Arboç? —Era evident que no esperava resposta i Milet d'Arboç va mirar al sostre discretament absent—. Una còpia de totes les seves converses a Facebook amb la senyora D'Avellaneda. Vol que li llegeixi un fragment qualsevol? Ens vol fer creure que aquestes converses són pròpies de dos amics? Ens ho vol fer creure? —va repetir tot sacsejant amb força els folis amb les mans tremoloses.

—Som uns amics, només hipotèticament, peculiars —va reconèixer a la fi Milet d'Arboç deixant de mirar al sostre, però sense cap intenció de comprometre's a res—. Ara bé, especular com fan vostès sobre la possibilitat que més enllà d'aquesta relació d'amistat intel·lectual existeixi algun maridatge semblant a la ficció del mal anomenat amor romàntic suposaria endinsar-se en territoris argumentals molt poc ferms.

El líder mundial A es va tornar a asseure i es va mirar els líders subalterns, com si busqués un senyal d'assentiment per començar la fase definitiva de la cimera. Els altres líders no van dir res, però semblava que amb aquella expressió més desganada que no pas neutra li donaven el preceptiu vistiplau de cortesia per continuar. I, en efecte, després de gratar-se l'orella esquerra amb obcecació estoica, així ho va fer, aquest cop amb un to incisiu però més calmat.

—Senyor D'Arboç, així no arribarem enlloc. I a vostè no li convé gens que no hi arribem. —L'home no sabia que Milet d'Arboç era un expert avantatjat a no arribar mai enlloc, a cap territori habitable, i, com que no ho sabia, va tornar a rebregar els papers i en va seleccionar un de color verd pistatxo ple de gargots—. Aquí tinc informacions contrastades segons les quals vostè, d'una manera o una altra, està relacionat amb dos presumptes suïcidis produïts en poc temps. Sap de què li parlo, senyor D'Arboç?

—No. —S'ho va rumiar una mica i va afegir—: Bé, sí, però només amb un, que jo sàpiga, tot i que no tinc la certesa absoluta, ni tampoc relativa, que fos de debò un suïcidi.

—Senyor D'Arboç, un filòsof com vostè no sap que les certeses sempre són, per definició, absolutes? —va alliçonar-lo el líder mundial A, satisfet d'haver expressat una sentència irrefutable a un insolvent i pretensiós filòsof de fireta.

—Doncs miri, li hauré de reconèixer que hi ha una part de veritat en la seva reflexió: les certeses humanes, luctuosament pensades, sempre es presenten com a espais de pensament absolut sense matisos correctors, però deixi'm afegir, si em permet, que això té uns perills molt evidents. I un dels més inacceptables, en termes filosòfics, és que obren les portes al despotisme, il·lustrat o no, i a totes les seves ramificacions totalitàries —va concloure Milet d'Arboç mirant-lo de fit a fit.

—Això ja és una altra cosa —va aprovar el líder mundial A, ignorant les reserves i la mirada conspícua de Milet d'Arboç i pressuposant que aquelles paraules eren una confirmació delegada del contingut dels diversos dossiers escampats sobre la taula—. Amb quin suïcidi creu que està relacionat exactament?

—Amb el suïcidi d'un ésser en construcció que també vaig conèixer a Facebook: Toia Emancipada, em va dir que es deia.

—En efecte. —Llegia o feia veure que llegia atentament els dossiers—. Una fràgil i joveníssima, i curta de gambals, adolescent que es va llançar des d'un pont a l'autopista i va provocar dinou morts i setanta-vuit ferits.

—Sí, és més o menys aquesta mossa —va admetre—, però no era pas tan fràgil ni tan jove com pressuposen els dossiers. —Va estrènyer les celles—. Ni n'era ni no n'era, de fet, com tots els éssers que xipollegen a la deriva per les xarxes socials. Això depèn de la dimensió existencial en la qual la vulgui inscriure. Ningú no pot ser en una realitat objectiva, perquè aquesta realitat no es pot concebre i, per tant, tampoc es pot percebre. El problema de Toia Emancipada, jo l'anomenava Toti, és que es pensava que existia precisament en una realitat objectivable. I això la va matar, per curta de gambals que fos, i en aquesta valoració estic d'acord amb vostè.

—L'edat i la dimensió existencial són irrellevants per als nostres objectius, senyor D'Arboç —va sentenciar amb celeritat el líder mundial A, tot i haver d'admetre que no entenia gairebé res del que intentava transmetre-li d'una manera tan intolerable i tendenciosa Milet d'Arboç—. Vostè, si no ho tinc mal entès, va anar a declarar a una comissaria de policia. En la seva declaració es feia responsable indirecte del suïcidi.

—No ben bé, senyor líder mundial A. Jo em vaig fer responsable d'haver-la negat, concretament d'haver-la negat un cop. Res més. Si la negació la va conduir cap al suïcidi és més que discutible, perquè en aquest cas el principi de causalitat no és prou ferm. No hi ha elements suficients per aplicar-lo. Això sí, he de reconèixer que el suïcidi és, en ell mateix, tot un desafiament filosòfic.

—Senyor D'Arboç, no faci broma —va aconsellar amb to d'amenaça la líder mundial H.

—No faci broma perquè trepitja terrenys extremament inestables i enfangats —va afegir amb un to encara més amenaçador el líder mundial Z, pentinant-se els cabells amb la mà dreta i eixugant-se el nas amb l'esquerra.

—Miri, senyor D'Arboç —el va advertir el líder mundial A alçant la mà per evitar que el líder mundial W intervingués—, té dues alternatives: pot col·laborar, i aquests dossiers, com l'hi diria, desapareixeran i no se'n sabrà mai més res; o bé, i no s'ho prengui sisplau com una intimidació o una coerció, començarà una investigació exhaustiva que el pot deixar en una posició altament delicada. —Es va tocar la calba amb totes dues mans mentre constrenyia les celles encovat en una actitud pretesament pensant—. Què tenim aquí? Doncs miri, dos suïcidis. Sí, senyor D'Arboç, dos, no em faci aquesta cara d'incredulitat grollera: sàpiga que l'agent a qui va fer la declaració sobre les circumstàncies que envoltaven el suïcidi de la senyora Toia Emancipada també es va suïcidar, pocs dies després... I esperi un moment abans d'afegir cap comentari que el pugui comprometre —va ordenar mentre desplaçava les mans de la calba cap als llavis—, que encara no he acabat: també tenim dinou morts per accident que es poden convertir fàcilment en dinou homicidis, i setanta-vuit ferits que es poden convertir encara més fàcilment en setanta-vuit intents d'homicidi, tenint en compte la seva vinculació multidimensional amb la suïcida. No sé si m'explico prou bé.

—Amb docta precisió —es va afanyar a concedir Milet d'Arboç, deixant de banda les seves parcials, endogàmiques i inadequades reflexions.

—Encara l'hi posaré més fàcil, senyor D'Arboç —va continuar el líder mundial A—. Vostè és ciutadà d'un petit territori que els últims temps sembla entestat a ser portada dels informatius de tot el món. —Va tornar a consultar els papers—. Un territori... ja em perdonarà que no en recordi el nom, però ara mateix tinc moltes coses esgarriades pel cap i no em puc entretenir en subtileses irrellevants... sembla que administrat per un estat catalogat pels nostres serveis d'intel·ligència com a problemàtic de grau *23 Efa*, que és el més alt i perillós. Collons, encara en queden, d'aquests? —I va mirar amb expressió inquisitiva la líder mundial H—. A veure, aquest territori es diu...

—No té nom —va tallar-lo amb impaciència la líder mundial H.

—Com que no té nom? Totes les coses tenen nom. —Va fer un fugaç parpelleig de perplexitat abans d'afegir—: Bé, li haurem de buscar un nom, doncs. I estic segur que vostè ja en deu haver pensat algun. M'equivoco, senyor D'Arboç?

—No, no s'equivoca en absolut —va acceptar sense dubtar Milet d'Arboç, gratament satisfet i íntimament orgullós d'haver preconcebut una denominació d'origen per a aquell territori desamparat i esgarriat on Jesucrist va perdre l'espardenya.

—Tenim altres dossiers, no sé si cal que li recordi que tenim dossiers de tot i per a tot, que confirmen la seva militància al moviment Tenim Dret a Dir-nos. És clar que a nosaltres ens importen un rave, les seves posicions polítiques. Ara bé, i sempre en nom de la democràcia i el progrés, això que li quedi molt clar, com l'hi diria perquè ens interpretés de manera correcta? —Va fer una pausa estratègicament dilatada—. La seva estimable col·laboració pot comportar el reconeixement internacional immediat del seu país com a territori amb nom i fins i tot amb cognoms. —Va mirar els altres líders mundials tot buscant un gest de confirmació.

—Què he de fer i com ho he de fer? —va respondre amb els ulls plens de llàgrimes Milet d'Arboç.

4

PLOVISQUEJAVA. MILET D'ARBOÇ encara era al llit quan va sentir el soroll sord de les minúscules gotes de pluja colpejant la persiana amb timidesa. Era agradable deixar-se arrossegar per aquella remor que l'havia acompanyat en instants aparentment ja esborrats de la memòria, quan encara no sabia que no hi ha res perquè valgués la pena perdre el temps i els pensaments. No es deixava entabanar amb facilitat per la nostàlgia fúnebre i el dramatisme luctuós, i encara menys per la desesperació patibulària, però no podia evitar rememorar la infantesa insubstancial i les estones que havia passat al bosc a l'interior d'aquell simulacre d'habitatge que anomenava Cabana de Recerca del Jo, que havia construït pacientment amb quatre branques tortes i un grapat de matolls ressecs. Sempre que plovia al món exterior hi buscava un refugi interior (i quan no plovia, també). S'asseia sobre un improvisat matalàs de fulles tendres (que cada dia renovava amb diligència primmirada), i deixava vagar les idees sense rumb predeterminat. Li agradava preguntar-se coses i, sobretot, no respondre-se-les, i aquella dèria el va convertir en un nen solitari, estret d'afectes i pobre de relacions. La Cabana de Recerca del Jo era el seu amagatall existencial particular i intransferible, un correlat vegetal d'ell mateix o potser l'extensió d'una buidor, tot just incipient, a l'interior de la qual aprenia a morir cada dia una mica. Perquè, ja en aquella edat primerenca, s'adonava que l'estat magnànimament anomenat vida era això, un inútil aprenentatge ple d'entrebancs gens metafísics per assumir la mort com a última estació, sense andanes, sense trens i, per descomptat, sense passatgers. Hi va començar a llegir llibres de tota mena amb només set anys. Alguns no els entenia, d'altres els entenia massa bé i l'avorrien, però a mesura que llegia s'atalaiava que no aprendria a ser en un món excessivament bellugadís i fràgil, poc reflexiu i massa dogmàtic. Arraulit en aquell espai de dimensions esquifides, el temps exterior i el temps interior coincidien, i el món s'aturava o s'avançava quan ell volia. Vivia el temps i els pensaments amb una lentitud que l'apropava a l'èxtasi definitiu, a una existència mínima, a la cancel·lació d'un jo provisional i circumstancial, que sempre li havia fet nosa, per constituir el jo essencial i immutable. Però també tenia l'anhel íntim de recórrer els paisatges que s'estenien a l'exterior de la Cabana de Recerca del Jo, tot i que mai no s'hi acabava de decidir, potser per por, potser per impotència, potser per insolvència. S'hi relacionava poc, amb l'exterior, i aviat va verificar que els coneixements que extreia dels llibres no el convidaven a anar més enllà del recer textual de les seves planes.

D'adolescent, va continuar enclotat entre llibres mentre els companys cardaven tant com podien, primer a les bescambres de l'institut i després als excusats de la universitat. Però, a poc a poc, les seves visites a la Cabana de Recerca del Jo es van anar espaiant fins que va deixar d'anar-hi, sense cap motiu concret (i tampoc inconcret). Potser per això, quan va descobrir Facebook, li va semblar que altra vegada es construïa un habitatge nou de trinca, la primera pedra d'un món fet a mida, un vast territori on podria superar les seves escasses habilitats comunicatives i alimentar l'esperança de compartir pensaments complexos amb altres éssers. Ho va aconseguir només en part, perquè Facebook no va deixar mai de ser un confús laberint disjuntiu poc adaptat a les esgarrinxades de la realitat. Havia abandonat el cos en aquella Cabana de Recerca del Jo, sota la pluja de la infantesa, i allà es va quedar. Mai va trobar la manera de recuperar-lo. Potser no va voler. Potser no havia arribat a ser un ésser amb possibilitats tangibles d'elevar-se més enllà dels pensaments que el delimitaven i l'emmenaven a la inacció.

Milet d'Arboç va sacsejar el cap, lacònic. No era el moment més adient per recordar. Ni tampoc per reflexionar sobre les seves limitacions estructurals. No tenia cap intenció de submergir-se en una vall de llàgrimes. La pluja del passat ja no mullava gaire res. I no volia noses. Tenia una cita i s'hi havia de concentrar. Encara estirat al llit, però, i tot i haver esbandit l'imperdonable excés de melangia ploramiques, va dubtar un cop més. Perquè, al marge de pluges passades, era prudent mantenir la cita en vista d'aquell fenomen meteorològic no previst? Enfangar-se les sabates i potser els baixos dels pantalons era la millor targeta de presentació, però ajornar la cita podria semblar una falta de confiança en ell mateix injustificable. I no s'ho podia permetre. I la filosofia tampoc. Elisenda d'Avellaneda i Milet d'Arboç representaven l'últim esglaó de segles d'evolució del pensament filosòfic aplicat a les noves tecnologies, i el món no ho podia ignorar, això. «Millor que plogui», va decidir finalment autosuggerir-se mentre es vestia. Al cap i a la fi, la pluja encara faria destacar amb més brillantor les qualitats benefactores de la incandescència que els unia, i una mica de fang a les sabates i humitat als pantalons no fan mal a ningú.

Va agafar, doncs, un paraigua i va sortir al carrer. Mentre caminava, però, dubtes més propers en el temps i més prosaics en l'espai van començar a rosegar-lo implacables una altra vegada. Pensava en les cites amb què havia decorat la seva vida des que havia descobert Facebook. Què hi buscava de debò? Potser la possibilitat, per remota que fos, de percebre vida(i segurament una engruna de corporalitat) al marge (o més enllà) del pensament? Amb totes les cites, sense excepció, havia tingut la presumpció (errònia, també sense excepció) que era la definitiva. Cap, però, no havia superat l'exigent filtre d'una realitat massa corporativista. Què li feia suposar que ara sí? Què? Va rememorar Toia Emancipada, l'entranyable Toti. No va saber mai el seu nom de debò. Tampoc importava gaire. Amb aquell àlies, la Toti havia volgut demostrar que s'havia alliberat de l'esclavatge a què l'havien sotmès tots els galls cridaners i itinerants amb qui havia conviscut a la babalà durant massa temps, i que ja no era una lloca enrogallada i ferida dins un galliner construït sobre les clavegueres de la sobreexplotació animal. Quan Milet d'Arboç la va veure per primer cop (havien quedat sobre un pont que travessava l'autopista perquè els va semblar que era una manera innovadora de posar fil a l'agulla), es va adonar que les idees i la carn comparteixen molt poc territori. No és que la Toti no respongués a les seves exigències estètiques, al contrari, les reafirmava fins i tot amb un excés de contundència. No hi havia en ella cap enganyifa, cap estafa, cap simulacre, però aquell dia sobre el pont es va sentir decebut. La Toti era la Toti, exactament la mateixa Toti que es bellugava rere el mur. Cap desviació física, cap retoc amb la inestimable ajuda d'algun programa intel·ligent de tractament d'imatges, cap adaptació *underground* d'una foto antiga, cap suplantació de personalitat. En definitiva, cap dissemblança que la fes més interessant i interactiva. Era com era i prou. Res més. El problema giravoltava just sobre aquest *res més*. Guapa, alta i somrient. I rossa. I ulls blaus. Milet d'Arboç no s'ho esperava. I no se la va creure. No volia que el món ideal i el món real coincidissin amb aquella exactitud exasperant, perquè la coincidència genera pobresa ontològica. I l'excés de versemblança ens fa molt poc creïbles. L'hi va deixar molt clar mentre passejaven agafats de la mà.

—No pots ser —li va dir.

Toia Emancipada es va enfurismar sense aportar cap argument justificador, però, en el fons, rere aquella actitud d'aparença forassenyada periclitava també una lògica aclaparadora. Qui vol que l'extirpin del lloc que ocupa, o es pensa que ocupa, en el món? El va apartar d'una forta empenta i va començar a cridar i botar com una beneita, com una fervent tocada de l'ala. Per què li costava tant d'entendre que el desig no té res a veure amb la tangibilitat d'allò real i que no segueix cap estètica i encara menys cap ètica? Toia Emancipada, la cada vegada més entranyable i degradada Toti, es va allunyar tentinejant a peu coix fins que va desaparèixer carrers enllà.

Milet d'Arboç no en va saber res més fins que dies després va veure la seva foto a la pàgina de successos d'un diari en paper. La composició de la imatge era ben explícita i entenedora: un munt de ferralla recargolada en un fons encara fumejant i un primer pla d'un cos estripat. La violència de la topada havia provocat que la mà dreta d'aquell cos s'hagués desprès del lloc habitual i hagués anat a raure grotescament (amb els dits subjectant amb força un tros de cartolina rosa) sobre un cap impossible d'identificar. Sobreposada a la foto principal, en el racó superior dret, hi havia una altra foto més petita (que havien descarregat de Facebook) amb la cara reconstruïda de Toia Emancipada. El títol era prou explícit: «Dinou morts i setanta-vuit ferits greus en un accident a l'autopista». El subtítol aclaria que una noia (d'edat no contrastada) s'havia llançat fent un doble salt mortal des d'un pont fins al parabrisa d'un cotxe que circulava a cent setanta-un coma quatre quilòmetres per hora. Un segon subtítol, força més inquietant que el primer, afegia que una secta satànica podria estar involucrada en l'accident. La insinuació que una secta satànica fos la responsable de la tragèdia va fer riure amb indulgència Milet d'Arboç. Finalment, va decidir llegir la notícia sencera.

Dinou morts i setanta-vuit ferits greus és el balanç d'un aparatós accident de trànsit que, amb una quarantena de vehicles implicats, es va produir ahir al voltant de les deu del vespre al quilòmetre mil set-cents catorze de l'AP-897. Segons fonts de la investigació, els vehicles van ser objecte d'un xoc múltiple després que una noia d'entre trenta-sis i trenta-nou anys (tot i que també podria ser que en tingués entre trenta-nou i setanta-cinc) es llancés des del pont que travessa l'autopista i topés contra el parabrisa del primer dels cotxes implicats, el qual va col·lidir amb un tràiler que l'estava avançant, va fer diverses voltes de campana i va envair el sentit contrari, on va rebre nombrosos impactes dels turismes que hi circulaven. Mentrestant, el conductor del tràiler va perdre el control del vehicle, que, després d'arrossegar-se en perpendicular per la calçada durant uns cent cinquanta-cinc metres, finalment va bolcar. Onze dels cotxes que el precedien no van poder frenar a temps i es van encastar contra el remolc.

Divuit patrulles de la policia, set dotacions de bombers i trenta-sis ambulàncies es van desplaçar de seguida al lloc de l'accident. L'autopista va estar tallada durant tretze hores de pagès i vint-i-set més de rellotge, i hi va haver retencions de fins a quaranta quilòmetres en ambdós sentits de la marxa (a l'hora de tancar aquesta edició encara hi havia nombrosos vehicles aturats).

La investigació continua oberta i es desconeixen les causes que van portar la noia a llançar-se del pont. Segons fonts policials, però, una nota que duia a la mà podria ser clau per esclarir els fets. La nota, a la qual ha tingut accés aquest rotatiu, està escrita a mà en una cartolina rosa, i diu textualment: «Jesucrist va ser negat tres vegades i jo només una. No és just ni perdonable». Segons les mateixes fonts, els investigadors treballen amb la hipòtesi que va ser un suïcidi induït per alguna secta satànica desconeguda, però no es descarten altres motivacions, tot i que han evitat concretar quines.

—Però què s'empatollen? —va exclamar dramàticament Milet d'Arboç tot estripant el diari en bocins ben petits—. La hipòtesi és inversemblant i denota una anàlisi poc rigorosa dels fets. La incerta realitat dels éssers de ficció és sempre molt més senzilla i previsible.

Per esmenar aquell greu error de perspectiva que el va fer reflexionar durant uns breus segons sobre quina era exactament la formació filosòfica, antropològica i psicològica que rebien els candidats a ingressar al cos policial, però també perquè era molt conscient que s'obriria una investigació exhaustiva a tots els amics de Facebook de Toia Emancipada (era una qüestió de sentit comú i no pas el fruit de grans estudis criminològics), Milet d'Arboç es va presentar voluntàriament a la primera comissaria que va trobar.

—Vaig ser jo qui la va negar —va confessar a l'agent que l'observava encuriosit rere una taula, després d'haver anunciat que tenia informació rellevant sobre l'accident.

—Com diu? —va exclamar l'agent, que se'l mirava amb evident desconfiança i clars símptomes de cansament.

—La noia de l'accident, la noia que tenia aquella nota a la mà. Vaig ser jo qui la va negar només una vegada, i no pas tres com ella esperava.

—Anem a pams. —L'home va fer un esforç ben explícit de concentració mentre treia un formulari del primer calaix de la taula—. M'està dient que vostè coneixia la noia?

—Sí. —Li havia dit moltes més coses, però Milet d'Arboç va evitar recordar-l'hi per respecte a la seva professionalitat incorruptible, de moment, pressuposada.

—I de què la coneixia? —L'agent li va fer una mirada inquisitiva, com qui mira una incongruència o un tocat del bolet.

—Érem amics a Facebook, i uns dies abans de l'accident vam quedar per veure'ns de cos present per primer cop. Va ser quan la vaig negar. —Milet d'Arboç va considerar que havia estat una resposta molt precisa, apta fins i tot per ser entesa per aquell agent que presentava símptomes explícits de vacuïtat mental.

—Ja. —L'agent va tancar els ulls i els va tornar a obrir—. Què vol dir exactament quan diu que la va negar?

—Li vaig dir textualment: «No pots ser».

—Ja. —Va arrugar les celles, gest que indicava que estava fent un esforç intel·lectual ingent—. I per què li va dir una cosa tan estranya?

—Perquè físicament, i fins i tot conceptualment, era clavada a ella mateixa, més en concret a la foto de perfil que tenia penjada a Facebook.

—Perdoni, però no és just d'això del que es tracta quan dues persones es coneixen a través de les xarxes socials, que en la realitat es tingui el mateix aspecte que en les fotos, sense enganys? —va observar l'agent, que començava a no entendre res.

—No, de cap manera. Per què voldria conèixer algú que es manifesta exactament igual en la realitat mal anomenada real del món físic que en la realitat mal anomenada virtual de Facebook? Per a això no cal travessar el mur i conèixer-se. Perquè m'entengui, són percepcions de dues dimensions diferents que no poden interactuar entre si. Les lleis que les regeixen no tenen res a veure les unes amb les altres; per tant, no hi pot haver concomitàncies de cap mena.

—No entenc la seva lògica. —L'agent va restar en silenci uns segons, durant els quals va pensar que, en realitat, en part sí que l'entenia. Sovint ell mateix havia tingut la il·lusió vana que la seva dona no era la seva dona, que era una altra, qualsevol altra, un personatge de nova fabricació, o de l'inventari mitològic, fins i tot sense cos, i que afegís una mica d'interès a aquell ésser avorrit i comatós amb qui havia conviscut durant els llarguíssims anys de matrimoni (amb petites variacions, ella tenia exactament la mateixa percepció d'ell i del matrimoni). Li hauria agradat descobrir-la de nou, tornar-la a fer enfollir d'amor moltes vegades, però ja hi havia renunciat. I se sentia massa cansat per buscar evasions en webs de contactes. Va sacsejar el cap i va tornar a mirar aquell ésser que tenia al davant—. Llavors, per què van quedar si les realitats no es poden barrejar l'una amb l'altra?

—Jo no he dit ben bé això. La creació d'una realitat implica l'establiment de nous paràmetres. —No es va voler entretenir a explicar-li detalls que no hauria entès—. Miri, vam quedar perquè a Facebook ens estimàvem amb bogeria, jo en l'àmbit intel·lectual i ella en l'emocional. Ja deu saber que a Facebook sempre s'estima amb bogeria...

—Ja. Aleshores, doncs, per què la va negar si em diu que l'estimava amb bogeria?

—Que no m'escolta? Perquè no me la vaig creure. Una cosa és el món de Facebook i l'altra el món exterior. Si algú, més enllà del mur, pretén fer-se passar pel que és a Facebook, no me'l puc creure. Són dues plaques tectòniques existencials que, si es posen en contacte, produeixen una reacció en cadena que nega fins i tot la negació; per tant, els personatges atrapats en dimensions diferents també han de ser, per força, diferents en cadascuna de les dimensions. Però la Toti no ho volia admetre i per això es va suïcidar. A Facebook estava enamorada de mi, però fora muralles no ho podia estar, si més no de la mateixa manera. Va ser un error de càlcul molt típic de l'absència de reflexió.

—Exactament, què m'insinua?

—Que es va suïcidar per amor pressuposat, no perquè cap secta l'hagués induït a res.

—Senyor D'Arboç —va respondre l'agent fent servir un to més oficial—, per descomptat estem investigant tots els amics de Facebook d'aquesta senyora, però les nostres hipòtesis van per uns altres camins. —Va fer una breu pausa retòrica abans d'afegir—: I permeti'm que li digui que ja ningú se suïcida per amor.

—La Toti sí, tot i que en realitat no es va suïcidar per amor, sinó per inversemblança.

Amb molta amabilitat, tot agraint-li les valuoses aportacions per a l'esclariment dels fets, l'agent se'l va treure de sobre com va poder. Un cop sol, va sospirar. Haver de suportar taral·lirots que busquen notorietat no era l'al·licient que l'havia empès a ingressar al cos de policia. Ja era massa gran per a segons quines bajanades, i es començava a preguntar per quin motiu tothom el tractava amb aquella condescendència, com si fos una criatura amb bolquers o com si no hi fos. No era ximple, encara que ningú no se n'adonava. Des que portava l'uniforme havia aconseguit fer-se lleugerament visible i generar un cert respecte, però res prou tangible que li fes pensar que pertanyia al món dels humans. Era un expert en invisibilitats, consolidades amb fermesa arran dels problemes de memòria dels últims anys. Amb prou feines tenia records. No recordava cap avantpassat, ni tan sols els seus pares, dels quals només sabia vagament que van morir molt joves d'una malaltia tosca i misteriosa, i ningú no li va explicar mai res d'aquelles absències prematures. Amb només vuit anys se'n va anar a viure a casa d'un oncle que el va acollir més per caritat que no pas per compassió. No en recorda la veu perquè durant tots els anys de convivència no van parlar mai de res. Va créixer sol. I aquella escassetat de paraules el va marcar per sempre. Superada amb penes i treballs una infantesa marcada per la mudesa, d'adolescent hauria renunciat a mitja vida només per abraçar un cos qualsevol, no només perquè anava calent com una teia, sinó sobretot per no sentir-se tan sol. I també per practicar les seves minses habilitats lingüístiques abans no desapareguessin del tot. Als vint-i-cinc anys, però, encara no sabia què era un cos de dona. Ni tampoc cap cos d'home tret del seu. Als vint-i-cinc anys ja era vell. I potser per això, i per no molestar més ningú amb la seva presència feixuga, va estar a punt d'engegar-ho tot a rodar. Ningú no l'hauria trobat a faltar. No tenia ni amics ni enemics, ni putes ni amants, i no es distreia fent sudokus ni mots encreuats, ni tan sols llegint les necrològiques als diaris. Amb prou feines es tenia a ell mateix. Va ser llavors, però, que vacil·lant dalt d'un penya-segat, i després d'haver tingut una sensació molt molesta de vertigen, va decidir ingressar al cos de policia. Hi va veure una oportunitat immillorable de fer-se respectar. No va ser així. No sap per què l'hi van acceptar. Estava convençut que no reuniria cap de les condicions que exigien, ni físiques ni psíquiques, però es va equivocar. Com sempre. I potser perquè ja estava cansat d'equivocar-se, va demanar que revisessin detalladament les proves que havia superat a les oposicions. No li va servir de res. Cap error. Va demanar una segona revisió, però no se'n va sortir. Havia aprovat les oposicions amb nota. No va gosar demanar una tercera revisió. Va ser just el dia que va obtenir la plaça que va conèixer la Fàtima. La va veure, sola i descamisada, plorant desconsoladament en un portal just a l'altre costat del carrer on havia fet les proves. S'hi va acostar amb timidesa i li va tocar els cabells. Ella el va mirar, però no li va tocar cap part del cos. El seu xicot l'acabava de deixar. Ell es va oferir amb tendresa per fer-li companyia. I això va fer durant quaranta anys: companyia. La Fàtima no va sentir mai gran cosa, ni per ell ni per ningú, i es va passar la resta de la vida esperant aquell xicot que no tornaria. Es van casar per inèrcia i van tenir una filla també per inèrcia. Va ser un matrimoni trist. Van ser uns pares tristos. La seva filla va néixer trista. Però el que ell no sabia (tot i que ho sospitava) és que des del primer dia de matrimoni la dona el va començar a enganyar, ara amb un, ara amb un altre, ara amb tots, fins al punt que aquella filla trista no era, de fet, filla de ningú i era filla de molts alhora. Potser per això als catorze anys va morir de tristesa. «No tenia ganes de viure», va dir el metge sense donar cap més explicació. Potser no calia. La seva dona l'enganyava tristament, la seva filla s'havia mort de tristesa i a la comissaria havia de fer les tristes feines que ningú no volia fer. No es podia viure d'aquella manera, com un simple esqueix, que mai no arrelaria enlloc, de tristesa.

El mateix dia que Milet d'Arboç va anar a comissaria per confessar que havia negat Toia Emancipada només una vegada, l'agent trist tristament enganyat, pare d'una filla trista i morta, cansat de tanta tristesa subjacent, va demanar la jubilació anticipada per gaudir sense estrès de la tristesa que sabia que l'acompanyaria durant la resta de la vida. Fins i tot l'hi van acceptar amb una alegria tristament mal dissimulada, tot i que ell no se'n va adonar. Com sempre. O potser sí que se'n va adonar, però li era igual. Uns dies després, a primera hora del matí, mentre la Fàtima encara dormia, abans d'esmorzar es va suïcidar amb l'estómac buit. Amb mala lletra, va deixar una nota trista abandonada sobre la taula encara més trista de la cuina: «Moro com he viscut, desapercebut». Ningú no va trobar la nota.

5

La sobtada bona predisposició de Milet d'Arboç a col·laborar va produir uns efectes balsàmics, primer, i tonificants, després, en els quatre líders mundials, que van respirar alleugerits, com si haguessin superat l'obstacle més intricat i costerut d'una exigent cursa metafòrica imprevista, no pas organitzada per ells, amb tot de paranys insòlits i un final inacceptablement incert. Fins i tot l'atmosfera de la sala s'havia suavitzat i gairebé fluïa en un estat de suspensió intemporal.

—En nom dels nostres governs, i per tant del món sencer, senyor D'Arboç, li vull expressar una profunda satisfacció i l'agraïment més noble i sincer —va dir amb més solemnitat de l'habitual el líder mundial A—. Li asseguro que no es penedirà d'haver reconsiderat la seva actitud. Estic segur que s'adonarà que hi ha un bon marge per a l'entesa. Aquesta col·laboració ens beneficiarà mútuament, no en tingui cap dubte.

—I en concret, el meu paper quin serà? —va preguntar Milet d'Arboç amb una considerable dosi d'escepticisme.

—No ho sabem encara. No és tan senzill, senyor D'Arboç —va respondre enigmàticament la líder mundial H—, un pas en fals i el món se'ns esmunyiria d'entre les mans de manera definitiva.

Després d'una estona en silenci durant la qual els líders mundials es van aixecar i es van asseure un nombre indeterminat de vegades, tot intercanviant-se papers i xiuxiuejant-se de tant en tant alguna cosa a l'orella; després de perdre el sentit del temps i la paciència; després d'observar com entraven i sortien de la sala ordenances impecablement uniformats que dipositaven en diferents indrets de la sala portàtils, mòbils, tauletes, llibres electrònics, consoles i altres instruments d'alta tecnologia; després de veure com la taula ovalada s'empetitia perceptiblement sota un enteranyinat reinflat de papers; després de comptar ovelles, bous i esquelles, Milet d'Arboç, a la fi, va tornar a atreure l'atenció del líder mundial A.

—Primer de tot, senyor D'Arboç, m'hauria de confirmar, o desmentir, la informació que tenim sobre vostè.

—Endavant —va dir Milet d'Arboç tot desensopint-se. Aquella posada en escena tan treballada li començava a fer pessigolles a l'estómac. No era pas més versemblant que els escenaris eteris de Facebook, però tenia l'avantatge que s'hi podia interactuar en múltiples dimensions. Tot un luxe.

—Vejam —va continuar el líder mundial A—. Vostè és fill únic. Va néixer en una modesta casa de pagès d'un petit poble, també sense nom, fa vint-i-nou anys. Va estudiar a l'escola i a l'institut del mateix poble. Tret d'això, poca informació més tenim de la seva infantesa i la seva adolescència, si exceptuem que va passar força desapercebut en tots els àmbits. No va destacar en els estudis i no se li coneix cap relació, ni amb homes ni amb dones, ni tampoc amb cap ésser viu o mort. Acabat el batxillerat, es va traslladar a la ciutat, sense nom per descomptat, a cursar la carrera de filosofia a la Universitat Internacional Climent de Tramuntana, de la qual ara és professor. Es va doctorar amb la tesi *Els problemes de dicció de Cràtil*, que va obtenir un cert ressò en l'àmbit universitari per l'originalitat dels plantejaments. Els seus pares van morir quan vostè feia el segon curs de carrera i va heretar la casa familiar, tot i que no hi ha tornat a viure. La casa és ara mateix una ruïna gairebé irrecuperable. —Va aturar la declamació durant uns segons i es va mirar el rellotge de polsera, com si fes tard a alguna cita inajornable o simplement perquè s'havia quedat en blanc—. Però tornem a la facultat —va continuar a la fi—. Vostè estava considerat una raresa, tant per part dels alumnes com per part dels professors, amb l'excepció d'una professora d'ètica segons la qual el seu capteniment era conseqüència d'una «percepció més elevada de la realitat subjacent», tot i que investigacions posteriors ens han aclarit que el que ella volia de debò era ficar-se al llit amb vostè, però no sabia com dir-l'hi perquè ho entengués. Tret d'aquesta petita desviació, no atribuïble a vostè, era una persona solitària i capficada, un inadaptat, perquè ens entenguem. La seva escassa inclinació a l'expansió sentimental perduraria en el temps fins que es va incorporar a Facebook. I aquí sí que es va expandir. I de manera considerable. Va començar i alimentar copiosament múltiples relacions virtuals que els nostres investigadors no han aconseguit esbrinar si eren fruit de la seva poca autoestima o si només eren conseqüència del seu tarannà volàtil i histriònic. Ha viscut, doncs, al marge de la societat i en aparença no s'ha interessat gaire per ningú ni per gaire res. I l'única dèria que se li pot atribuir és una inclinació gairebé malaltissa envers els llibres desclassificats i una tossuderia sorprenent a filosofar sobre rareses que no interessen a ningú, la qual cosa el converteix en un franctirador d'idees, potser senzillament en un psicòpata especialitzat en erudicions alternatives, segons algunes opinions no del tot contrastades.

—I vostès com ho saben, tot això? —va preguntar Milet d'Arboç amb estupefacció aïrada.

—Senyor D'Arboç, nosaltres ho sabem tot —va replicar ofès el líder mundial A—. Continuem?

—Continuï, tot i que en els seus informes detecto un intent molt poc honest de fer unes valoracions morals que no comparteixo gens ni mica —va aclarir Milet d'Arboç amb una seguretat impròpia de la seva contenció lingüística tradicional.

—Nosaltres, senyor D'Arboç, no fem valoracions morals. Només tenim en compte els fets —va sentenciar el líder mundial Z.

—Tractar-me de franctirador o de psicòpata, a més de ser una pressuposició falsa i un símptoma de desconeixement preocupant del llenguatge, és fer valoracions morals, i això és així s'ho miri com s'ho miri.

—Senyor D'Arboç —va interrompre'l sense manies el líder mundial A—, així no acabarem mai. No és el moment d'entrar en matisos que no tenen cap rellevància. —La seva veu va ressonar amb autoritat a la sala—. Anem al nucli del problema: Elisenda d'Avellaneda. On i com la va conèixer?

—Elisenda d'Avellaneda? Vaig conèixer la Senda a Facebook, però això no és cap secret, i no entenc què té a veure ella amb la meva presència aquí. Segur que en saben més coses que no pas jo.

—Efectivament, ho sabem tot, d'ella, i tinc el dossier aquí, però ens interessa molt més esbrinar què en sap vostè.

—D'acord —va claudicar Milet d'Arboç preveient que seria inútil manifestar cap objecció, raonable o no—. Què en volen saber més?

—En quines circumstàncies es van conèixer exactament? —va insistir el líder mundial A.

—Vam escriure exactament la mateixa reflexió al mur el mateix dia a la mateixa hora. I allò, com poden suposar, ens va unir per sempre —va resumir.

—Una reflexió incomprensible, si em permet que l'hi digui —va opinar el líder mundial W.

—No és de les millors que he escrit —va admetre Milet d'Arboç—, però em sembla molt entenedora per a una intel·ligència mitjana.

—Per què, després d'intercanviar uns quants missatges, mil set-cents catorze per ser exactes, van decidir conèixer-se en persona? —Havia parlat la líder mundial H tot gratant-se la galta esquerra.

—Per esbrinar el grau d'influència en l'esdevenir de l'univers de les concomitàncies que s'estableixen entre dues realitats, concretament entre una realitat que és poc real però molt seductora i una altra que és molt real però poc creïble. —Els ulls de Milet d'Arboç es van il·luminar;

potser per primer cop des que havia començat a pensar, tenia l'oportunitat de socialitzar les seves teories—. M'explico. Ja sap que els éssers humans som creadors de realitats múltiples. I totes són possibles, de la mateixa manera que totes són impossibles. Som i no som alhora, això és inqüestionable, em segueix?, tot i que potser seria més exacte dir que no tenim temps de ser. Ara mateix som aquí, en aquesta sala, perquè és una realitat que vostès han creat per provocar uns efectes sobre mi, d'una banda per negar-me i de l'altra per afirmar-me. L'ésser humà sempre intenta inscriure's en un context, en un sistema de valors, però alhora és turmentat per aquest mateix context i aquest mateix sistema de valors, que l'afirmen i el neguen alhora. Qualsevol existència, doncs, té una frontera compartida amb la inexistència. Què vull dir amb això? Que, per protegir-nos de la buidor de la frontera, d'aquesta terra de ningú, necessitem transcendir el jo primigeni eliminant del nostre imaginari qualsevol besllum de realitat.

—Senyor Milet d'Arboç, ens està prenent el pèl? —va insinuar acomplexat el líder mundial A mentre els seus dits colpejaven nerviosament la taula.

6

MILET D'ARBOÇ VA FER UN COP DE CAP més enèrgic del que era habitual per extirpar Toia Emancipada dels seus pensaments. Aviat arribaria al lloc escollit per a la cita i volia estar redundant de frescor, lliure de les deflagracions injustificables de la memòria. Era evident (encara que no ho volgués admetre) que els dies grisos el convidaven a abraonar-se damunt d'una lamentable i poc recomanable melangia asimptomàtica, però no s'ho podia permetre. Estava convençut (sense estar-ne del tot) que Elisenda d'Avellaneda seria (aquest cop sí) manifestament diferent de tots els éssers amb qui s'havia citat i (sobretot) deixat de citar.

Ja no plovisquejava, i ho va interpretar com un senyal explícit de l'univers, que el convidava de manera subjacent a un optimisme creatiu. Va plegar el paraigua i el va llençar en una paperera (no volia estris que alteressin la correcta posada en escena). Un cop al parc, i sense entretenir-se perquè feia tard, va buscar el banc que havia de ser la seu de la cita. Se'l va mirar. Era tal com l'havia imaginat: sobri, sense accessoris que el distorsionessin. S'hi va asseure. No era gaire còmode, però va acceptar amb generositat (i amb el cul moll) aquella deficiència insignificant. Quan tot just feia uns minuts que s'hi havia assegut, va veure a pocs metres una dona d'edat indeterminada que llençava un paraigua a la mateixa paperera on no feia gaire ell havia llençat el seu. La dona s'acostava, vacil·lant lleugerament. Tenia la mirada perduda en algun punt entre el banc i un (com tots) hipotètic horitzó vigoritzant. Quan va ser a pocs metres va fer un salt curt i escardalenc per evitar una bassa, però no ho va aconseguir i es va mullar les sabates. Va fer un gest de complaguda resignació. A la fi, es va aturar davant del banc i, sense adonar-se de la presència de Milet d'Arboç, també s'hi va asseure. Milet d'Arboç va calcular discretament que l'edat d'ella fluctuava entre tenir totes les edats o no tenir-ne cap, segons si modelava el temps encadenat a la cova platònica o bé submergit al fons del riu d'Heràclit. Passaven deu minuts de l'hora prevista. Inquiet, es va connectar a Facebook des del mòbil per veure si hi havia cap missatge de cancel·lació de la cita que li hagués passat per alt. No, no n'hi havia cap. Esperaria amb capteniment mesurat. No tenia cap pressa. Mai no en tenia. Era un apassionat de la directriu quàntica segons la qual el temps no existeix a un nivell físic fonamental. La dona també mirava l'hora i també es va connectar a Facebook. Van passar disset minuts. I catorze minuts més. Milet d'Arboç va fer un sospir. La dona també va sospirar. Van tornar a mirar l'hora, ara l'un, ara l'altra.

—Esperes algú? —es van preguntar tots dos a l'uníson.

—Sí —es van respondre plegats.

Van riure.

Van callar.

—Elisenda d'Avellaneda? —va insinuar més que preguntar finalment Milet d'Arboç.

—Milet d'Arboç? —va pressuposar més que respondre Elisenda d'Avellaneda, sense gosar mirar res que no fos una imaginària piga al canell de la seva tremolosa mà esquerra.

No va ser el principi espurnejant i sobreeixit d'emocions intel·lectuals que esperava Milet d'Arboç, però quan, després de mirar-se-la llargament, es va adonar que aquella Elisenda d'Avellaneda (amb una expressió que, com la pluja de feia uns minuts, convidava amb calidesa al recolliment) no podia ser més diferent de l'Elisenda d'Avellaneda més aviat amb cara de bleda de Facebook, va arribar a la conclusió (només transitòria) que a la fi havia trobat algú que es mereixia sobreviure fora del mur, algú amb voluntat de ser algú que no fos ningú massa condicionat per la lògica cruel de la realitat.

—Ets tu la de la foto de Facebook? —va preguntar, tot i que sabia que, tant si ho afirmava com si ho negava, no era en absolut el mateix ésser.

—Sí, però vint anys més jove. Llavors devia tenir la teva edat, no creia en l'amor etern i encara no m'havia fet cap cirurgia estètica —va respondre ella amb precisió.

—Jo, en canvi, tinc l'edat que tenies tu quan no creies en l'amor etern i no t'havies estirat la pell, amb la diferència que jo ja fa temps que he situat l'amor, convenientment intel·lectualitzat, al bell mig de les meves investigacions existencials i encara no necessito cap mena de cirurgia —va matisar Milet d'Arboç, mentre el seu pensament començava a manifestar un indici d'arrítmia.

—Qui és l'ésser humà que et substitueix a la foto del teu perfil? —va voler saber aleshores Elisenda d'Avellaneda.

—No és humà. I no em substitueix, sinó que em representa —va aclarir-li—. És un actor desconegut generat per ordinador que vaig trobar navegant per internet. Amb la foto només volia expressar un concepte allunyat precisament de cap mena de concepte.

—Doncs l'has expressat molt bé —va respondre embadalida Elisenda d'Avellaneda.

—No tant com tu.

En altres circumstàncies, en altres àmbits existencials i en altres relacions, més predisposades a ser víctimes dels ullals bellugadissos del romanticisme, hauria estat el moment ideal de fer-se un petó apassionat als llavis o una abraçada intel·lectualment vigoritzadora, però no es van fer ni una cosa ni l'altra. Estaven bé com estaven, no calia afegir noses que desvirtuessin la màgia que començaven a degustar. Tampoc van parlar més. El silenci és sempre més dialogant que la paraula. I era evident que els pensaments ja parlaven per ells, no calia violentar-los amb subterfugis lingüístics. Van continuar asseguts durant dues hores sense dir-se res, només mirant-se de tant en tant. Més enllà del mur, reflexionava Milet d'Arboç, la paraula és una mala traductora del pensament: interfereix en la comprensió i està sotmesa a la confusió i l'error permanents. La recerca de la paraula exacta és una il·lusió, un autoengany quan no se sap quin camí agafar, i la temptativa de dir el que no es pot dir desemboca en una idea que és filla il·legítima de l'absència d'idees, i que ens allunya de la realitat construïda, paradoxalment, pel llenguatge.

Capficat encara en unes divagacions que no el portaven gaire enllà d'ell mateix, Milet d'Arboç va arribar a casa i, després de visitar el lavabo i de mullar-se inadvertidament els calçotets, va córrer entre compulsions cerebrals a engegar l'ordinador, va obrir sessió a Facebook i va escriure al mur una de les frases més punxegudes que es recorden de l'imaginari filosòfic:

Milet d'Arboç *Pensar és, sobretot, perseverança en el silenci.*

Però, com sempre, no n'estava satisfet (i amb tota la raó). Va esborrar la frase a correcuita perquè ningú no pogués llegir una vulgaritat tan plàstica i indigna de les seves capacitats mentals. Amb els ulls aparentment en blanc, els teixits encefàlics erèctils i les emocions en expansió creativa, després de reflexionar i de consultar la història del pensament en fascicles de tapa dura durant disset hores llarguíssimes, va empescar-se una filigrana conceptual innovadora:

Milet d'Arboç *Pensar és, sobretot, absència espúria no manifestada en silenci creatiu.*

Però el temps i, sobretot, el mínim sentit comú es van encarregar de contradir-lo. El joc de miralls en què Milet d'Arboç havia convertit l'existència pervertia cada imatge que s'hi reflectia. Havia volgut fer tots els papers de l'auca i no n'havia sabut interpretar cap. I d'un ésser humà possible s'havia convertit en una ficció inservible. Era prou evident que el que fos que els havia unit a Facebook només insinuava les deixalles d'un buit inapel·lable. Enllà del mur, Milet d'Arboç era una pelleringa obturada, eixuta i abatuda, víctima de les defecacions intel·lectuals que l'havien acompanyat des del mateix moment de néixer. S'havia allunyat tant dels mons (no importava quin) que ja no podia construir cap espai habitable. Constatava el fracàs definitiu de totes les realitats que havia volgut recrear. El que és possible en una realitat no té prou densitat per ser en una altra, ni tan sols contradient-la. I encara menys per delegació de funcions. El pitjor és que ja no sabia a quina realitat volia inscriure's, si és que de debò volia burocratitzar el pensament en cap realitat. Malgrat els gargots amb què encara embrutava el mur, ja no es creia res, i res no esperava de la relació amb Elisenda d'Avellaneda. Per inèrcia, es van continuar comunicant per Facebook tot alternant les reflexions al mur amb trobades fora muralles. Acabades les frases originals, van començar a manllevar-ne. Fins que tampoc van sobreviure a les frases alienes i van constatar que el perill d'enfonsar-se en el tedi conceptual i la insignificança corporal era prou evident. Elisenda d'Avellaneda va ser la primera que se'n va adonar i la primera de buscar-hi solucions. Per a Milet d'Arboç, tot plegat no era res més que un altre experiment fallit, i no tenia esma per idear alternatives perquè sabia que no n'hi havia, però ella no volia una sotragada (del tot inacceptable) al bell mig de les seves aspiracions. Elisenda d'Avellaneda sentia amb vistosa efervescència que el que havien viscut a Facebook encara es podia encaminar cap a un món assumible en la realitat material. I va posar fil a l'agulla de la innovació emocional. Un fil molt i molt llarg.

—Has sentit mai la frase «Entre dos que bé s'estimen, amb un que mengi n'hi ha prou»? —va preguntar de sobte un dia qualsevol mentre es guaitaven amb indiferència.

—Sí. No és gaire original, no creus? —va respondre Milet d'Arboç amb un desinterès creixent.

—Però podria servir d'argument definitiu per certificar la infinitud del nostre amor. Fins i tot, si m'ho permets, podria perfeccionar la frase introduint-hi engrunes convenientment manipulades de les teves reflexions. En concret, que *estimar*, i no pas *pensar*, és absència espúria no manifestada en silenci *nutritiu*, en lloc de *creatiu*. Què et sembla?

—No t'entenc.

Elisenda d'Avellaneda no va respondre a la insinuació de voler més informació. Va encreuar els braços tot aclucant els ulls. Havia pronunciat les últimes (i definitives) paraules. Milet d'Arboç era un ésser prou experimentat en ficcions per preveure les reaccions inesperades, però aquella el va deixar mentalment als llimbs presocràtics. Estava acostumat a conviure amb les paraules i els silencis, però no amb els fets, i la proposta (que a Facebook podia considerar-se plausible i versemblant però que a l'exterior era manifestament estrambòtica) el va desconcertar. Es va mirar Elisenda d'Avellaneda amb tristesa i no va saber què expressar ni com reaccionar. Dir que no vols menjar i que deixes de parlar per amor és una cosa, però fer-ho n'és una altra. D'Avellaneda no era res més que una Toia Emancipada més, potser una mica més sofisticada ideològicament, però totes dues havien coincidit en el suïcidi —aplicat des de concepcions diferents d'interpretar la mort— com a instrument per fer-se visibles en una realitat equivocada.

En vista d'aquella actitud capquadrada i irracional (i poc argumentada), que podia provocar un col·lapse total i irrecuperable en el cos (cada vegada més famèlic) d'Elisenda d'Avellaneda, Milet d'Arboç va ajornar de manera indefinida les seves investigacions sobre la naturalesa humana i se la va emportar a casa perquè no prengués més mal del compte. Què havia de fer? Deixar-la al carrer perquè es podrís coagulada amb la seva dèria? Exercir l'eutanàsia activa? Què? Per primera vegada a la vida se sentia responsable d'alguna cosa. Que Elisenda d'Avellaneda hagués decidit no menjar i no parlar per amor era un problema atribuïble només a ella, per descomptat, però no la podia deixar sola extingint-se com una cigarreta mal apagada. A banda que hauria estat molt poc gentil, considerava que tenia l'obligació moral (i no pas ètica) de romandre al seu costat com a inductor involuntari de la seva decisió, per desenraonada que fos. Això sí, de passada, en podria extreure uns estudis valuosíssims que podrien revolucionar la filosofia psicològica.

Milet d'Arboç vivia en un minúscul estudi per a indigents en el qual, de manera inexplicable, algun dissenyador minimalista havia aconseguit encabir un sofà llit, un imperceptible racó per a la cuina, una nevera menuda i una aigüera nana, i una comuna estàndard delimitada per un envà de fullola que no aïllava gaire res. Les possibilitats, doncs, de mantenir-hi una convivència sense trepitjar-se l'un a l'altra eren més aviat escasses. Però Elisenda d'Avellaneda es deixava conduir amb docilitat i Milet d'Arboç li va proposar que dormissin plegats. El sofà llit no era prou ample en termes físics, però amb els cossos convenientment situats de costat podrien gaudir d'una comoditat acceptable. Ella no hi va posar cap objecció: es va treure la roba i es va estirar. Milet d'Arboç no havia tingut mai tan a prop un cos despullat que no fos el seu, però no va sentir res, la qual cosa el va fer dubtar un cop més de la pròpia existència. Si no rebia impressions del que l'envoltava, era possible existir? O era només un problema d'impotència ontològica passatgera i prou? Així van estar-se tres dies: ella estirada al llit, ulls en blanc, i ell fent anotacions en un petit bloc de notes. Al quart dia, però, Elisenda d'Avellaneda ja no tenia esma ni per mantenir el color dels ulls. El cos humà potser pot evitar el pensament i la paraula durant un temps indefinit, però no pas l'absència de nutrients (i encara sort que Elisenda d'Avellaneda va acceptar absorbir líquids, després que Milet d'Arboç li expliqués que una cosa era ingerir aliments sòlids i una altra de molt diferent beure una mica d'aigua només per hidratar-se, cosa que en cap cas perjudicaria aquell intent de demostrar la muda infinitud desganada de l'amor). Però Elisenda d'Avellaneda es va anar debilitant de manera inexorable, malgrat que, barrejada amb l'aigua, Milet d'Arboç havia anat introduint extraoficialment alguna vitamina. Fins i tot va tenir la paciència de rentar-la amb aigua i sabó de tant en tant perquè no fes pudor, tot i l'indici de fàstic que li despertava aquell cos denerit i estrafet. A l'últim, però, quan Elisenda d'Avellaneda ja no reaccionava amb cap mena d'estímul, a Milet d'Arboç no li va quedar cap més alternativa que executar una acció que no hauria imaginat mai: trucar al servei d'emergències mèdiques.

7

MILET D'ARBOÇ OBSERVAVA entre encaparrat i encuriosit el líder mundial A. No entenia els seus excessos verbals quan no obtenia la resposta que ja tenia prèviament decidida. Era evident que no estava acostumat al dret de rèplica ni al dret a decidir dels altres, cosa gens excepcional tenint en compte que, malgrat que sobre el paper era un líder mundial elegit democràticament, hi havia un peu de plana escrit amb lletra molt petita que li prescrivia una moral alimentada per unes pulsions autoritàries molt explícites, orientades a mantenir un control estricte sobre tot el que l'envoltava, i no estava gens disposat a arribar a cap consens en la presa de decisions.

—No ha estat la meva intenció prendre'ls el pèl —va dir finalment Milet d'Arboç al líder mundial A—. M'he limitat a respondre la seva pregunta afegint-hi una reflexió complementària.

—Senyor D'Arboç, la seva xerrameca filosòfica sense sentit està afectant seriosament aquesta cimera. I no és el més convenient, si volem trobar una solució ràpida i raonable a aquesta crisi planetària sense precedents. Començo a dubtar de vostè. Amb franquesa, no sé si estarà a l'altura de la delicada missió que se li encomanarà —va sentenciar el líder mundial A amb una aparença desmanegada de preocupació.

—Soc un simple subjecte en procés de coneixement de la realitat que l'envolta —va respondre Milet d'Arboç sense deixar-se intimidar—, i intento trobar una mica de lògica a aquesta situació. La realitat no ens és donada tal com és, sobretot perquè no és, no hi ha una realitat en si, sinó que l'anem construint nosaltres, o ens la fan construir sense saber-ho. Em dedico a això des de fa molts anys, a Facebook i en altres plans existencials, recollint impressions, que no són res més que el material imprescindible per al coneixement. Impressions que, ordenades com cal, ens poden permetre saber alguna cosa del que ens envolta i de nosaltres mateixos, tot i que com més conec el món menys segur estic que hi hagi res que pugui ser mostrat amb criteris empírics estrictes. —Va fer una pausa breu—. Vostès saben qui era David Hume?

—No, senyor D'Arboç, no ho sabem ni ho volem saber. Ens estem desviant perillosament de l'objecte d'aquesta conversa —va dir impacient el líder mundial A tot fent un gest estrafolari amb les mans—. Ja m'he fet una idea del seu capteniment filosòfic, però ara, sisplau, girem full i situem-nos al bell mig del nucli del problema gravíssim que té la humanitat.

—Jo sí que sé qui era David Hume —va intervenir de sobte la líder mundial H, tot provocant un gest de desaprovació del líder mundial A, que va eixugar-se la calba nerviós amb un mocador de paper que es va treure de la butxaca dreta dels pantalons.

—Problema gravíssim? Gravíssim per a qui? Per a vostès? —va observar Milet d'Arboç tot ignorant el presumpte vestigi de saviesa de la líder mundial H.

El líder mundial A no va dir res. Va fer un senyal de confirmació al líder mundial W, que es va ajupir i va remenar l'interior d'una maleta de cuiro negra que havia deixat al costat de la cadira en entrar. En va treure un manyoc de fulls de color groc. Els va estar llegint en silenci durant uns minuts (o això semblava). Finalment, després d'aclarir-se la veu, va parlar:

—Elisenda d'Avellaneda. Quaranta-nou anys segons el DNI, divuit segons Pegasus i catorze segons un examen psicològic recent. Filla única d'un matrimoni d'empresaris dedicats a l'alta cosmètica podrits de diners. Va començar quatre carreres: econòmiques, filologia grega, biomedicina i belles arts, però no en va acabar cap. Cinc divorcis i un nombre indeterminat d'amants. Quan va heretar l'empresa dels seus pares se la va vendre i es va dedicar a viure de renda. O a beure, més concretament. Addicta a l'alcohol des de l'adolescència, va ingressar durant dues etapes, entre els vint-i-tres i els trenta i entre els quaranta-tres i els quaranta-sis anys, en un centre de desintoxicació, però no va progressar adequadament i continua submergida en excessos de naturalesa narcòtica. Assídua als actes socials i protagonista de diversos escàndols sexuals, fa un parell d'anys va desaparèixer del món fins que fa uns mesos va reaparèixer a Facebook.

El líder mundial W va deixar de llegir els fulls de color groc, es va mirar els altres tres líders mundials, es va passar les mans per les grenyes, com si intentés modelar-les seguint algun patró preestablert, i finalment va tancar els ulls. No semblava disposat a dir res més.

—Què me'n diu, senyor D'Arboç? —va preguntar el líder mundial A.

—Res digne de ser expressat. Són dades irrellevants per a les meves investigacions ontològiques. Jo només conec Elisenda d'Avellaneda dels avatars de Facebook. Més enllà del mur no existeix ni dibuixant-la, tot i que, si em permet, jo no li faria cap edat concreta —va matisar.

—I no el sorprenen aquestes revelacions sobre el tarannà caòtic d'Elisenda d'Avellaneda? —va preguntar amb evident estranyesa la líder mundial H, ignorant el matís i intentant tornar-se a guanyar la confiança del líder mundial A.

—No, gens ni mica —va respondre secament Milet d'Arboç.

—No? Si ha escoltat l'informe amb atenció, es deu haver adonat que el recorregut vital d'Elisenda d'Avellaneda entra en absoluta contradicció amb el seu, senyor Milet d'Arboç. Han viscut experiències oposades que han generat reaccions i trajectòries antagòniques. No comparteixen res. Resumint: tot el que en ella és excés en vostè és defecte, fins i tot en el pla sexual —va valorar el líder mundial Z.

—I quin problema hi veu? —es va preguntar Milet d'Arboç, més a ell mateix que no pas als quatre líders mundials.

—Haurà d'admetre que és molt més que sospitós i reprovable, per ara hipotèticament parlant, que dues persones que no tenen res a veure l'una amb l'altra en cap àmbit, ni cap mena de compatibilitat, hagin connectat d'aquesta manera, diguem-ne, tan poc creïble.

—Què entén vostè per poc creïble? —va preguntar cada vegada més esbalandrat Milet d'Arboç.

—El que entengui jo no importa, senyor D'Arboç, el que importa és el que entengui vostè. —Va fer una pausa per generar expectació—. Em sembla raonable que ens vulguem assegurar que no hi hagi res que se'ns escapi de les mans.

—Miri, abans ha parlat d'excés i defecte, i ha insinuat que aquesta dissonància feia inviable la nostra relació. Però vostè reflexiona sobre la base d'unes idees preconcebudes. Depèn d'on situï vostè l'excés i el defecte, perquè sovint són intercanviables i fins i tot coincidents. O és que el defecte no és també excés? —es va preguntar amb amanerament retòric—. Em sembla que Elisenda d'Avellaneda i jo hem seguit un procés paral·lel, o confluent. L'excés i el defecte comparteixen moltes coses, una de les quals és precisament l'absència, la dolorosa incertesa d'haver d'escollir sabent que allò que no escollim sempre hi serà en absència. Elisenda d'Avellaneda i jo, igual que vostès, som hereus d'un món que no estarà mai acabat perquè sempre s'està fent. I en aquest anar-se fent entre absències ens determina i ens situa. El món que heretem ens circumscriu en uns determinats marcs morals (polítics, estètics, socials, sexuals, els que vostès vulguin) que no són més que imatges distorsionades del que està bé i del que està malament, del que es pot fer i del que està prohibit i, en conseqüència, de la bona i la mala consciència. Però el món, senyors, no és la vida. Món i vida no és el mateix. I vostès ho confonen tota l'estona. Molts de nosaltres tenim o volem tenir un món, però alguns no tenim vida, d'altres en tenen tanta quantitat que s'hi ennueguen, i encara hi ha aquells que tenen vides múltiples. A diferència del món, la vida no és fruit d'una herència, sinó d'un procés complex que es reinterpreta contínuament.

—Perdoni, senyor D'Arboç, però la vida no es reinterpreta, sinó que es construeix. I es construeix sempre des del món. I tocant de peus a terra —va sentenciar impecablement orgullós de si mateix el líder mundial A.

—No, senyor líder mundial A, s'equivoca: la vida s'inventa contra el món. Què vull dir amb això? Doncs que no hi ha vida possible sense transgressió del món, sense voluntat de contradir-lo. S'ho fiqui al cap de líder mundial. I transgressió significa possibilitat d'imaginar altres mons, creure que un altre món és possible, però vostès això no ho volen; per això soc aquí, no cal que em colguin amb arguments extrets de sopars de duro en procés de borratxera. Però també significa que no estarem mai reconciliats amb cap món, sigui el que sigui. I això vol dir que no assolirem mai un món perfecte, impecable, acabat i òptim, únic i paradisíac, que, ben mirat, tampoc és el món que voldrien vostès. Perquè vostès volen un món d'espectres, un món d'éssers que hi siguin sense ser-hi del tot, que segueixin fil per randa els seus pobres designis, un món de pàmfils obedients que es rendeixin als seus principis restrets, un món que es postri submís a les exigències dels seus absurds interessos mal anomenats geopolítics. Però un món així s'escapa de les seves possibilitats, senyors, per molt de control que vulguin exercir sobre els que consideren subordinats. Sempre hi haurà algú que es revelarà i actuarà contra el món heretat i contra el món que vostès volen imposar al preu que els convingui o els exciti.

8

ELS METGES DESTIL·LAVEN PERPLEXITAT i fermentaven una indignació gens dissimulada. Era previsible. Aquella actitud no va sorprendre Milet d'Arboç, acostumat a no sorprendre's de gairebé res. I, en part, els disculpava. Ell tampoc no entenia que haguessin ingressat Elisenda d'Avellaneda a l'Hospital Central de la Vall del Riu Vermell. Després de l'auge desmesurat dels tractaments alternatius, segons els quals el cos era poca cosa més que una nosa a l'hora de determinar les causes d'una malaltia (i es concentraven tan sols en un hipotètic alliberament de l'energia ambiental residual), els professionals d'aquest centre, tot un referent de l'emergent medicina de l'aïllament corporal, van elaborar una teoria del tot contrària, que defensava la interpretació del cos al marge de qualsevol interferència immaterial. Uns i altres estaven acostumats a viure en l'estupidesa crònica pròpia de qui creu haver descobert la sopa d'all sense cuinar-la i es consideraven uns escollits. L'equip mèdic de l'Hospital Central de la Vall del Riu Vermell ho tenia clar: els semblava inconcebible, i fins i tot poc distingit, veure el cos com alguna cosa més que una simple divisió de cap, tronc i extremitats.

Tancaven els ulls a qualsevol teoria que capgirés la seva manera totalitària d'entendre el cos; era exactament la mateixa actitud (però per motius diferents) que mantenien les diverses branques de la medicina alternativa. Un error típic de les posicions d'arrel pamfletària, més acostumades als titulars periodístics grans i cridaners (que ningú no llegeix, tret de quatre taral·lirots mal comptats) que no pas al rigor argumental i a l'escrupolositat científica.

Consideracions ètiques al marge, segons els professionals de l'Hospital Central de la Vall del Riu Vermell el cas d'Elisenda d'Avellaneda no era un problema estrictament mèdic. Al contrari, era un exemple de desviació psicològica inacceptable, una deformació moral de la voluntat de ser o, amb més precisió, de la voluntat de ser massa. D'acord amb els seus diagnòstics acurats, la materialització del pensament de no menjar no afectava a priori cap òrgan concret, més aviat sorgia d'un funcionament intermitent del cervell, maltractat, segons ells, pels inestables principis de la postmodernitat tecnològica, culpables sense matisos de la majoria de malalties no classificades i, per tant, inexistents. El silenci d'Elisenda d'Avellaneda no els ajudava gaire a l'hora de determinar possibles alternatives a la dèria de no menjar, i l'única mesura que van prendre va ser l'administració d'aliments per via intravenosa per estabilitzar-li les constants vitals, tot advertint, això sí, que era una solució provisional i limitada en el temps.

—Com pot comprendre, hi ha malalts de debò que requereixen la nostra atenció, i no podem perdre temps ni recursos humans i econòmics amb una inadaptada i les seves rabietes de nena mimada —va diagnosticar el metge que semblava més metge que els altres.

Milet d'Arboç, però, abandonant per un instant el seu tradicional aïllament del món material, va exigir accions concretes que obrissin les portes a una solució definitiva del problema. Al final, l'equip mèdic, en vista de la insistència de Milet d'Arboç, va claudicar i va optar per posar Elisenda d'Avellaneda sota la tutela d'un altre equip, el psicològic —que mantenien tan sols per imperatiu legal—, format per una sola professional que tampoc no en va treure l'aigua gaire clara, d'aquella actitud. Ni tampoc la bruta. La conclusió a què va arribar, després d'examinar-la durant deu minuts i fer-li una sèrie ininterrompuda de preguntes poc encertades —«Què et passa?», «Què et grates?», «Quines són les teves aficions més íntimes?», «Has cardat mai amb tu mateixa?», «Tens fred?», «Tens son?», «Tens migranya?», «Tens dubtes?», «Tens varius?», «Tens morenes»?, «El més calent és a l'aigüera?»—, va ser que s'havia de trobar una manera viable de comunicar-se amb ella. Milet d'Arboç va fer un sentit reconeixement a l'imperi de la perspicàcia, i malgrat la psicòloga i les seves conclusions preclares, un cop acabada la visita va tenir una kantiana idea pura: potser no volia parlar, però... i escriure? De seguida va materialitzar el seu pensament (cosa estranya en ell, acostumat com estava a desmaterialitzar tot el que se li posava al davant) i va anar a comprar una llibreta i un bolígraf en un magatzem de marques blanques. Però no se'n va sortir. Elisenda d'Avellaneda no reaccionava ni posant-li la llibreta delicadament davant dels ulls ni lligant-li tendrament el bolígraf als dits. Continuava impertorbable, freda, distant, encaparrada, negant-se a expressar res i a diluir-se en un món massa contingent. Però Milet d'Arboç no estava disposat a defallir, i a la fi, després de reflexionar amb intensitat durant tres dies i tres nits, va trobar una solució raonable. Com és que no hi havia pensat abans? Es va treure el mòbil de la butxaca, va escriure unes paraules i les va penjar, ornamentades amb imatges sensuals generades per ordinador, al mur. Seguidament, va agafar el mòbil d'Elisenda d'Avellaneda de dins la bossa de plàstic facilitada per l'hospital, on hi havia també tota la seva roba, i prou coneixedor del password, va il·luminar l'aparell. Després d'obrir sessió a Facebook, va deixar el mòbil en suspensió davant dels nassos obturats d'amor d'Elisenda d'Avellaneda. En efecte, tal com sospitava ell, l'estratègia va funcionar amb escreix. Elisenda d'Avellaneda va fer el primer moviment en molts dies i va agafar el mòbil amb gasiveria.

Milet d'Arboç *Senda, no creus que ens podem estimar igualment encara que mengis ni que sigui un àpat al dia?*

Elisenda d'Avellaneda *Des que no menjo sento que he esdevingut la transsubstanciació de l'amor.*

Milet d'Arboç *Saps que t'entenc, però si et mors de gana, també es morirà l'amor, no creus?, per transsubstanciada que estiguis.*

Elisenda d'Avellaneda *Al contrari, si em moro de gana serà la prova definitiva que la transsubstanciació de l'amor ha generat solidesa fecundament dipositada en l'avenir de la humanitat.*

Però aquells intercanvis lingüístics, que Milet d'Arboç considerava indignes de les seves treballades aptituds analiticodeductives, van provocar uns efectes inesperats i devastadors en les entranyes de les xarxes socials. Cada frase d'Elisenda d'Avellaneda era immediatament corroborada sense fissures i reafirmada fidelment per mil set-cents tretze *m'agrada* dels seus mil set-cents catorze amics (no cal dir que Milet d'Arboç no participava en aquella insòlita i bastarda orgia aduladora). L'exèrcit de fanàtics il·luminats, a més a més, complementava els *m'agrada* amb mostres d'ànim, suport i solidaritat poc treballades, però martellejants, que tendien a la infinitud, fins al punt que va arribar un moment en què Milet d'Arboç amb prou feines podia intervenir per intentar reconduir el comportament, cada vegada més obstinat i anhelant, d'Elisenda d'Avellaneda, i els fanàtics es van convertir en un seriós obstacle a l'hora de comunicar-se entre ells amb fluïdesa. Un obstacle que es va fer insalvable pocs dies després, quan Elisenda d'Avellaneda va començar a rebre milers de sol·licituds d'amistat que col·lapsaven el seu compte. Sorprenentment, no n'acceptava cap. La delectava quedar-se amb els mil set-cents catorze amics que tenia (s'havia enamorat com una flasca d'aquell número tan poc operatiu), però era evident que la situació començava a sortir de mare i amenaçava d'arrasar qualsevol indici de racionalitat. I Milet d'Arboç va dubtar. I després de dubtar, va concloure que el problema d'Elisenda d'Avellaneda no era mèdic, ni tan sols psicològic. S'havia perdut en una bola metafísica que rodolava fins a les misèries del buit ontològic i l'absurd, una bola alimentada per la consciència del no-res i la contemplació de l'abisme existencial. El buit i l'absurd eren dos espectres constitutius d'Elisenda d'Avellaneda. I, en certa mesura, el que feia ella per continuar vivint era lluitar precisament contra aquesta experiència constitutiva. Davant del fred i la intempèrie, de la manca de sentit i el vòmit, Elisenda d'Avellaneda reclamava un gest (per força sublim) per assolir una existència plena, una zona de protecció i escalfor, un espai de calidesa i acolliment enmig d'un món hostil.

Quan tot just havien passat uns dies dels missatges a través dels quals Milet d'Arboç havia intentat dissuadir Elisenda d'Avellaneda de la seva actitud il·legítima i havia provat d'esvair-li l'atuïment mental, els ingressos a l'hospital de pacients amb símptomes clars de desnutrició es van incrementar de manera notable. No hi havia prou habitacions i els passadissos es van començar a omplir d'éssers mutants, alguns amb prou feines recuperables per al funcionament correcte de la societat. Fins i tot va caldre habilitar la gran sala de recepció de l'hospital i construir mòduls prefabricats als jardins que envoltaven el centre per absorbir l'enorme demanda.

El més greu i inassumible va ser que els efectes de totes aquestes atzagaiades no semblaven tenir cap límit a curt termini, perquè es van estendre a tots els hospitals del país, primer, i del món sencer, després. Els mitjans de comunicació van oferir informació detallada i reportatges espectaculars sobre aquell fenomen, que s'havia expandit com una taca d'oli roent. Milet d'Arboç no acabava d'entendre els processos mentals humans, i va arribar a la conclusió que s'hauria de replantejar tots els seus estudis sobre la naturalesa humana. De què havia servit el pas del mite al logos com a superació del pensament màgic? De res, si havia de fer cas d'aquell cos estès al llit i de la legió d'adoradors que el glorificaven, els quals no s'avenien ni tan sols a mantenir una conducta mínimament crítica i a oferir una alternativa basada en arguments amb cara i ulls. Milions d'éssers emergits de tot el món, fent grans demostracions de pensament arcaic, havien seguit l'exemple d'Elisenda d'Avellaneda i havien deixat de menjar i de parlar, la qual cosa significava també que, al costat de cada llit, hi havia un estoic amb cara de complement circumstancial que suportava amb candidesa aquella regressió existencial. Segons detallaven els informatius, les autoritats sanitàries d'arreu del món eren incapaces d'aturar l'allau d'hospitalitzacions. Per no parlar de les empreses, que s'estaven quedant sense personal útil a causa de les baixes massives i les demandes d'excedència per tal d'acompanyar de prop els éssers que es negaven a nodrir-se. Algunes van haver de tancar portes. D'altres, però, de manera sorprenent es van saber adaptar al nou ordre social i van començar a desenvolupar activitats de servei per als damnificats, com ara oferir assegurances per salvaguardar els estómacs de la buidor o operacions quirúrgiques a preus assequibles per extirpar les cordes vocals i fer definitiu el silenci. Alguns emprenedors espavilats, fins i tot, es van empescar una manera d'acolorir el silenci amb manifestacions enllaunades de pensament inoculat des de cultius virtuals d'optimisme transgènic, una experiència empresarial que, si bé al principi semblava que podria reeixir, al final va fracassar estrepitosament perquè se'ls va acusar de manipulació genètica i les autoritats van prohibir la modificació artificial de les característiques naturals de l'absència de discurs. La prohibició, però, va comportar l'aparició dels mercenaris de l'emmudiment, que, aprofitant la gran demanda de matisos per fer de la mudesa un espai una mica més personal, i fins i tot més lúdic, van teixir una espessa xarxa de manufactures clandestines per certificar que un silenci no és mai igual a un altre silenci.

9

—SENYOR D'ARBOÇ, podem deixar estar les elucubracions estèrils sobre si la vida s'inventa des del món o contra el món i tornar a recuperar el fil de la conversa? —va exigir amb renovada exasperació el líder mundial A.

—Sincerament, senyor líder mundial A, a mi el fil de la conversa ja fa estona que se m'ha petat, i sense un suport, per esfilagarsat que sigui, sempre em perdo en un magma de vacil·lacions heterogènies —va confessar Milet d'Arboç.

—Doncs permeti'm que li faci memòria i l'ajudi a trobar-se una altra vegada —va respondre amb impaciència la líder mundial H—. Parlàvem d'Elisenda d'Avellaneda. I en parlàvem precisament perquè, ras i curt, la fem responsable de l'actual situació de crisi.

—Se'n fot de mi? —no es va poder estar d'exclamar amb una dicció emborbollada i insurrecta Milet d'Arboç.

—Senyor D'Arboç —va respondre alçant considerablement el to de veu—, miri'm bé, sisplau, miri'm bé la cara i digui'm si hi observa algun gest o alguna desviació facial que li faci pressuposar que tinc cap mena d'inclinació a fotre'm de ningú.

Milet d'Arboç la va observar amb atenció, però es va estalviar fer cap comentari gratuït sobre l'expressió d'una cara retallada de manera grotesca en l'espai fluorhídric de la sala, perquè no tenia cap interès a despertar-li una reacció més agressiva del que seria filosòficament acceptable. Tot i això, no estava disposat a permetre que el menystingués i, tot començant un desafiament que era capaç de portar fins a les últimes conseqüències, li va sostenir impassible la mirada. A més, tenia una curiositat gairebé escatològica per saber on volia anar a raure la líder mundial H fent responsable un ésser insignificant com Elisenda d'Avellaneda d'aquella estranya crisi planetària que ja el començava a enervar. El líder mundial A, però, va intervenir abans que el desafiament es concretés en alguna acció no desitjable per als interessos dels quatre líders.

—Potser hauríem de controlar una mica els ànims, senyors. I per mitjà de la descripció dels fets, concretar-li amb exactitud la situació mundial al senyor D'Arboç, que sembla que ho analitza tot amb un escepticisme m'atreviria a dir que agosarat per la ignorància que traspua. —Va mirar cap a un punt indeterminat del sostre abans de continuar—: Senyor líder mundial W, li vol explicar, sisplau, al senyor D'Arboç fins a quin punt és greu i insostenible la conjuntura actual?

El líder mundial W es va ajupir un cop més. Va tornar a remenar la maleta de cuiro negra, que semblava no tenir fons, i en va extreure una tauleta apaïsada de generació postmil·lennista.

—Els esdeveniments evolucionen molt de pressa, senyor D'Arboç, fins al punt que, mentre som aquí parlant, els colors amb què ordenem el tipus i la intensitat dels canvis mundials no aconsegueixen fixar-se durant gaires segons. —Va apartar la tauleta amb energia, com si considerés que era inútil intentar aclarir-li res amb aquell aparell d'alta tecnologia de colors tan fluctuants—. Sí que li puc explicar la situació de manera resumida, perquè se'n pugui fer una idea. —Es va apartar les flàccides grenyes que li tapaven els ulls amb la mà esquerra—. L'economia mundial ha entrat en una situació extremament delicada: les borses, posant-hi una mica d'optimisme, no han tocat fons perquè no es veu el fons enlloc, i els inversors ja no volen assumir més riscos, començant per les entitats bancàries. Les grans multinacionals, que fins avui, com ja deu saber, havien aprofitat la mà d'obra barata dels països en permanents vies de desenvolupament, s'estan plantejant deixar enrere per sempre més el capital humà i substituir-lo per les possibilitats gairebé infinites de l'encara desconeguda tecnologia hologràfica 155.0, tot i trobar-se en un estat incipient i, avui per avui, inaplicable. Encara és pitjor la situació de les petites i mitjanes empreses, que comencen a quedar-se sense plantilles i sense directius, la qual cosa ha provocat el tancament de milers de companyies, no pas per falta de viabilitat econòmica, sinó simplement per l'absència de recursos humans per tirar-les endavant. El Fons Monetari Internacional, que ja sap que és l'organització sense ànim de lucre encarregada de tutelar i corregir el sistema financer global, és incapaç d'oferir cap assistència tècnica als estats per superar la crisi. I si l'economia s'estavella, senyor D'Arboç, no dubti que també s'estavellaran l'estabilitat i la pau socials, que ja estaven prou tocades els últims anys. I quan dic això no es pensi que em refereixo a una possible conflictivitat de caire laboral o social; al contrari, no n'hi ha cap, de conflicte, i aquest és el problema, precisament. El que hi ha és un desinterès generalitzat en les activitats productives, alhora que el consum ha baixat en picat. Sense conflictes no hi ha progrés. El centre de l'ésser humà ja no és el verb *tenir*, sinó el verb *sentir*. Fins i tot s'han aturat la majoria d'escaramusses bèl·liques, amb el cost que això suposa per a l'equilibri geoestratègic dels nostres països. Fins ara aquests conflictes havien estat un factor d'equilibri i correcció de fluxos fonamental perquè el món no fes un pet com un aglà. Ara tot això s'ha acabat, i no pas com el rosari de l'aurora, no, sinó molt pitjor. Els valors de la societat tal com l'hem coneguda fins ara ja no serveixen, han prescrit, i són, potser de manera definitiva, irrecuperables. Els soldats deserten i les trinxeres es converteixen en sales de joc; els treballadors s'autoacomiaden i es passen el dia mirant les musaranyes; els directius han deixat de dirigir i s'alcoholitzen amb licors de marca blanca; els empresaris miren la lluna en lloc del compte corrent. Què més hi puc afegir, senyor D'Arboç? La societat ja no obeeix ni lleis ni déus ni hòsties, ni s'empara sota cap moral prou sòlida i estructurada, i per tant els governs no tenen a qui governar. El caos global comença a fer estralls i pot acabar convertint la Terra en un erm intransitable, això, és clar, si queda algú per transitar-hi.

—Puc beure un got d'aigua amb gas? —va demanar un aclaparat Milet d'Arboç.

10

TANTES HORES MORTES A L'HOSPITAL començaven a afectar les ja prou malmeses facultats cognitives de Milet d'Arboç, que, si bé no havia estat mai un ésser amb iniciativa i possibilitats reals de fer avançar la humanitat en cap àmbit, se sentia especialment travat per aquella dèria d'Elisenda d'Avellaneda de cridar l'atenció per reafirmar-se, sota la qual germinava una inclinació messiànica que feia bravada d'exaltació feixista. Perquè, més enllà de realitats paral·leles o de dimensions extrasensorials, més enllà de consideracions arcaiques sobre l'amor, més enllà de mudeses sordes al sentit comú, hi havia una voluntat molt evident d'afirmar «soc» i d'insinuar «no sou». I aquella determinació d'Elisenda d'Avellaneda de ser a qualsevol preu s'allunyava molt dels paràmetres en què es movia Milet d'Arboç, molt propers a la inexistència. Milet d'Arboç només aspirava a fer-se preguntes (les respostes més aviat li feien nosa). Seguint una lògica adaptada al seu incert però complex paisatge cerebral, postulava que la construcció d'una realitat només és possible a través de les preguntes. Per què? Perquè les preguntes ja incorporen la presència d'alguna cosa i, per tant, també del seu contrari. Una cosa és perquè entra en contradicció amb el que no és. Llegim un llibre perquè també és possible no llegir-lo, fins i tot estripar-lo, esborrar-lo i cremar-lo. Les preguntes ja insinuen una possible existència i, alhora, una necessària no existència. Les respostes, en canvi, són erràtiques i esbiaixades, falses, fins i tot deslleials, perquè pretenen establir una existència sòlida i immutable i indueixen a l'error, i en molts casos, quan les cataloguem de vertaderes, al dogma. Milet d'Arboç era un observador polit, acurat i endreçat, que s'adonava que res no és amb prou temps per certificar-ne (precisament) l'existència. Potser per això havia fet de la invisibilitat a cada costat del mur una condició indispensable per assolir amb èxit les expectatives d'arribar a entendre la fràgil i contingent naturalesa humana, però ara aquestes expectatives l'abocaven a fer-se visible, i no se sentia gens còmode. Ell era un rigorós científic del pensament, i no es podia permetre contaminar-se amb deficiències emocionals.

Elisenda d'Avellaneda amb prou feines s'adonava de Milet d'Arboç, capficada com estava a encapçalar, solidificar i estendre aquell insòlit moviment universal adorador de l'amor més enllà de tota mesura (i de qualsevol sentit del ridícul i la carrincloneria). I, tal com era de preveure, va passar el que havia de passar. Aviat l'amor es va perdre pel camí, i tota la xerrameca mística va acabar metamorfosada en un culte cec a la figura d'Elisenda d'Avellaneda. Amb quina facilitat es passa d'un concepte al qual atribuïm qualitats de sublimitat a un objecte vulgar l'única funció del qual és esdevenir un estri al servei de la promoció personal. Milet d'Arboç havia creat un monstre, un ídol fet de residus filosòfics tòxics. La ficció havia sortit de mare i havia envaït la realitat, i la realitat, sempre tan múrria, havia subjugat la ficció. I amb imposicions no és possible la comunicació franca i distesa entre dimensions. Tants segles intentant extirpar els mites, els apriorismes i els absolutismes de l'imaginari col·lectiu, i una nouvinguda sense pedigrí s'atrevia a qüestionar eres senceres de pensament.

Estols d'éssers corporalment inerts, mentalment innocus i ontològicament deformes s'havien postrat sense condicions als peus plens de nafres (per falta d'exercici físic) d'Elisenda d'Avellaneda. A més de les nombroses mostres de suport i solidaritat per la gran tasca que desenvolupava des del llit de l'hospital per difondre la cara oculta (però genuïna) de l'amor, es van retre homenatges de tota mena a la seva figura, ja llegendària. A Facebook van germinar perfils sencers per glorificar-la i alimentar la seva obcecació, entre els quals destacaven especialment El Llit Flagel·lat de l'Amor, en el qual s'enaltia la capacitat de deixadesa corporal d'Elisenda d'Avellaneda per aconseguir la sublimitat espiritual; Elisenda l'Estoica Neoliberal, que emfasitzava la fragància d'indiferència envers els plaers i els dolors externs per assolir la independència interior i la satisfacció dels propis desitjos en nom del campi qui pugui; o Orgasmes Preconstitucionals Sota els Llençols, una pixarada fora de test que defensava amb vehemència la possibilitat d'obtenir el màxim plaer a través del celibat conceptual. També es van crear nombrosos grups de WhatsApp, com ara Tots Som Llits, Xiuxiueja el Silenci, Entremots Desmenjats, Elialiments Ecològics o Elimorfismes Incandescents, tots destinats a compartir experiències a mig camí entre la mística i la poètica, amb Elisenda d'Avellaneda com a centre aspersor de les transformacions liricoespirituals dels usuaris. El grup més original i deseixit de complexos era Una Rebolcada amb Elisenda, creat exprés per assolir orgasmes a través de la contemplació polièdrica d'imatges del cos ajagut de D'Avellaneda. Era ella mateixa qui, visiblement complaguda i humida, compartia fotos que es feia de parts només insinuades del seu cos entre els llençols. Twitter no va tardar gaire a afegir-s'hi: tots els temes de debat van quedar descatalogats i les piulades es van convertir en udols llargs i malenconiosos dedicats a la que ja anomenaven La Reina Passerell. Elisenda d'Avellaneda va augmentar en progressió exponencial el seu nombre de seguidors quan, en la imatge que acompanyava el seu nom, hi va impressionar una fotografia en camisa de dormir. El *hashtag* #elisendadormambmi es va convertir en *trending topic* permanent, fins al punt que va caldre replantejar Twitter de dalt a baix i de baix a dalt per adaptar-lo als nous temps. I Instagram va ser la cirereta digitalitzada que faltava al pastís 155.0 d'Elisenda d'Avellaneda, que va començar a fotografiar-se una vegada cada catorze minuts i norantados segons per tal que els seguidors poguessin seguir el seu estat rigorosament actualitzat.

Desenvolupar tanta activitat sense ingerir cap aliment hauria d'haver transformat D'Avellaneda en una pelleringa agònica candidata a ocupar un lloc d'honor al mausoleu dels àngels caiguts, però no va ser així perquè feia trampes, i no gaire subtilment. Ningú no se'n va adonar tret de Milet d'Arboç. Després dels àpats, aprofitava el breu moment que les auxiliars d'infermeria deixaven el carro del menjar abandonat davant la porta, amb les safates plenes de restes bavejades d'aliments, per, d'esquitllentes, engrapar tant de ranxo com podia, sense cap delicadesa. Després es tancava al lavabo i s'omplia de nutrients amb devoció. I és que D'Avellaneda, més puta que una guilla, era conscient que necessitava estar en unes condicions de salut mínimes per donar als seus adoradors tot el que esperaven d'ella. I si calia sacrificar-se i menjar, ho faria. El resultat va ser que, en lloc d'aprimar-se, s'engreixava. L'equip mèdic no podia amagar l'estupefacció a la vista d'un fenomen que atemptava seriosament contra les lleis més elementals de la fisiologia humana. Els seus seguidors, però, ho van celebrar amb efusió. Fins i tot un escriptor a l'atur va optimitzar aquell fenomen tan rar per escriure un llibre que va esdevenir un autèntic best-seller, *Els nutrients de l'amor*.

Res no tornaria a ser com abans i es respirava un aire reescalfat de final de cicle. Potser de final d'època i, per tant, d'inici d'una altra. El misteriós increment de pes d'Elisenda d'Avellaneda va alimentar la llegenda sobre la seva infal·libilitat, i ella va començar a ser considerada l'enviada del destí per guiar la humanitat cap a horitzons fins aleshores impensables. Jesús havia esdevingut un vulgar i irrellevant aprenent de messies al costat de les aptituds atribuïdes a Elisenda d'Avellaneda, fins al punt que el pas del temps ja no es mesurava giragonsant inútilment al voltant d'un hipotètic i poc verificat abans i després de Crist, sinó fluint en espiral del cos en erecció transformadora d'Elisenda d'Avellaneda.

11

—SOC INCAPAÇ D'ATALAIAR què hi tenim a veure, la Senda i jo, en aquesta catàstrofe que em descriuen de manera tan florida —va observar Milet d'Arboç després de beure's el got d'aigua amb gas, mentre deixava vagar la mirada pel cos desgavellat del líder mundial W perquè li quedés clar que potser la descripció dels fets era mitjanament correcta, però el procés que havia seguit per determinar les causes de la dissolució del món en el caos era molt poc metodològic, tot i admetre que aquella llarga explicació tenia lògica si assumia que els imitadors d'Elisenda d'Avellaneda s'havien multiplicat i es comptaven ja per milions d'exemplars repartits per tot el planeta.

—Vostè, senyor D'Arboç, n'és l'incitador necessari i, per tant, el responsable primer —va respondre sense dubtar el líder mundial A—. I Elisenda d'Avellaneda, l'executora.

—Com diu? —Després del signe d'interrogació, Milet d'Arboç no va poder evitar riure's de manera ostensible a la cara d'aquell ésser que, sense cap mena de dubte, tenia una substància pensant en procés de disgregació—. Miri, no sé qui es pensa que soc, però l'hi diré: una persona solitària, d'acord; una persona esqueixada per la impossibilitat de ser alguna cosa, encara més d'acord; també una persona a la recerca immarcescible de realitats alternatives, i segurament impossibles; una persona sense amics, sense amants, sense mascotes, fins i tot sense passat, sense ambicions i sense ereccions de cap mena tret de les cerebrals, una persona que tendeix a la irrealitat i a la invisibilitat, i que per experimentar i adquirir coneixements, i deixar-se d'avorrir en vista de tanta escassesa, va començar a treure el cap a Facebook buscant sense saber ben bé què, potser algun indici de vida en la ficció... Però, escolti, fer-me responsable d'aquesta hipotètica apocalipsi que, segons vostè, s'acosta inexorablement em provoca unes sartrianes ganes de vomitar, potser de defecar i tot, i més tenint en compte que, en realitat, són vostès, amb els seus supòsits morals perversos sobre el que està bé o està malament, sobre el que és acceptable i el que no ho és, amb la seva obsessió d'assenyalar límits a tort i a dret, fins i tot en la vida dels que no volen viure, els que han convertit el globus terraqüi en un espai inhabitable per a qualsevol ésser, viu o no, amb una sensibilitat mínima i un sentit comú bàsic. No me'ls crec. I, a dir veritat, potser la mort és el que el món, el seu món, es mereix.

—Senyor D'Arboç, no intenti sembrar confusió amb filigranes antisistema ni es rigui d'una situació que deixa la humanitat arran d'abisme —va retreure-li traient foc pels queixals la líder mundial H.

—Escolti'm bé —va respondre de seguida Milet d'Arboç, disposat a posar fi a una conversa absurda amb pretensions de transcendència escarransida—, jo no soc més que un insignificant ésser més o menys viu, perdut en un món prescindible, que va néixer en un poblet, encara més prescindible, d'un país sense nom i sense història que fins ara, segons vostès, no era ni una ombra, ni una besllum, ni un gra de pols a la deriva, sobre el mapa recautxutat de la seva puta geopolítica. No em considero prou preparat ni prou espavilat perquè em facin responsable de l'enfonsament de l'economia mundial ni de la presumpta crisi de valors de la seva societat falsària. Vostès m'atribueixen unes capacitats que no tinc ni vull tenir.

—No ens escolta, senyor D'arboç. Vostè tot sol, considerat aïlladament, de segur que no les té, aquestes capacitats, però fent equip amb Elisenda d'Avellaneda, sí —va asseverar el líder mundial A.

—L'he escoltat perfectament, senyor líder mundial A. I li asseguro que mai no he fet equip amb ningú, sobretot perquè senzillament no soc ni vull ser. I si no soc, no puc interactuar amb ningú.

—Senyor D'Arboç, és prou obert d'enteniment per adonar-se que ara mateix el problema és Elisenda d'Avellaneda i la seva insòlita tossuderia de no voler menjar ni parlar en nom d'un fenomen tan poc concret i indemostrable com és l'amor. I aquest problema l'ha creat vostè.

—Perdoni, però no el segueixo. —No era veritat. El seguia a la perfecció, i reconeixia que aquell estat perillosament corcat d'Elisenda d'Avellaneda l'havia provocat ell mateix, ni que fos de manera indirecta, amb les seves obsessions per descobrir noves formes de vida on no n'hi podia haver—. No entenc què hi tinc a veure, o què hi tenim a veure, amb aquesta presumpta apocalipsi planetària que pronostiquen.

—No? Doncs és molt senzill, senyor D'Arboç. Segur que llegeix diaris, escolta la ràdio o mira la televisió, i a més ens consta que és un expert en xarxes socials, a través de les quals les notícies es relaten fins i tot abans que siguin notícies. No al·legui, per tant, ignorància. Això sí, ha de saber que nosaltres controlem tota la informació, i el que hagi pogut llegir és només una ínfima part del que està passant de debò al món. Ja es pot imaginar que no tenim cap interès a escampar arbitràriament quines són les autèntiques dimensions de la crisi, i, per descomptat, disposem d'uns acurats serveis de control de la informació. —El líder mundial A va fer una gesticulació extravagant amb les mans per recordar-se que s'estava desviant del tema objecte de la cimera—. Després de l'hospitalització d'Elisenda d'Avellaneda, un nombre considerable de persones, un nombre inacceptable que no para de créixer cada dia, va deixar de treballar i va oblidar les seves obligacions, tant socials com professionals. Totes aquestes persones, sense excepció, han deixat de menjar i han deixat de parlar, tot imitant Elisenda d'Avellaneda com autèntics xais sense cervell identificable, amb l'objectiu, incomprensible per a nosaltres, de viure una hipotètica altra vida més enllà d'aquesta, una vida tutelada per una mena d'amor situat inexplicablement més enllà de la racionalitat més elemental. I quan dic molta gent vull dir molta i molta gent. —Ho va remarcar assaborint les paraules amb exageració—. I quan dic molta i molta gent vull dir tothom, proletaris, banquers, polítics, especuladors, vagabunds, funcionaris, rapers, alcohòlics, transfeministes, misògins, pagesos, escoltes, nadons, poetes morts de gana i un llarg etcètera. I ja em dirà com podem tirar endavant el món des del llit d'un hospital, ja em dirà com pot progressar la humanitat si la gent no menja i per tant no compra, no ven, no dirigeix empreses, no les enfonsa, no fa la guerra, no fa la pau, no s'hipoteca i no s'angoixa.

—Elisenda d'Avellaneda és només un ésser, un ésser en construcció, un projecte, un ésser absent d'ella mateixa, segurament un ésser equivocat com tots, però un ésser al cap i a la fi, i no la poden culpar de les accions d'altres éssers que, en realitat, fan el que fan no pas per ella, no pas per satisfer-la, no pas per adorar-la, sinó més aviat per fugir d'un món que els escup. Un món que, si em permeten dir-ho, han creat vostès. —I va mirar d'un en un els quatre líders mundials.

—Doncs faria bé de replantejar-se la seva opinió, senyor D'Arboç. Que Elisenda d'Avellaneda és l'arrel del problema no és negociable en cap cas. I, tenint en compte que és vostè qui l'ha creada, és de vostè d'on ha de sortir la solució

—Ja. —Es va quedar pensatiu—. I què volen que hi faci? Que l'esquarteri?

—Encara no hem arribat a aquest punt —va matisar el líder mundial Z—; seria, a més, contraproduent. Imagini's per un moment quin devessall de budellams si tothom executés l'acció que proposa. Un assassinat és inacceptable si no és per treure'n un benefici clar i sense hipoteques. Ara bé, hem arribat a la conclusió que, si es talla l'arrel del problema amb discreció, el problema es morirà d'inanició, també amb discreció.

—I com pensen tallar l'arrel amb discreció? —va plantejar abans d'afegir—: No haurien d'haver convocat a aquesta cimera Elisenda d'Avellaneda, i no pas a mi?

—Tenim els nostres experts, senyor D'Arboç —va intervenir el líder mundial A—, i ens ho van desaconsellar. Uns experts altament qualificats que, per cert, i com es pot imaginar, estan escoltant amb molta atenció aquesta conversa, que per seguretat està sent enregistrada. Segons ells, tot plegat es pot resoldre amb rapidesa i sensatesa si sabem actuar amb precisió i mà esquerra.

—I quina és la seva clarivident i sensata proposta? —va preguntar un fatigat Milet d'Arboç mentre amb la mà s'apartava un enteranyinat de cabells que li queia sobre els ulls i li impedia veure-hi clar.

—Fer una proposta alternativa a Elisenda d'Avellaneda que li obri de bat a bat els ulls, i sobretot la boca, al fet que la seva negativa a ingerir aliments és irrisòria, extemporània i banal, fins i tot caduca, que la seva vaga de fam de pa sucat amb oli està predestinada a diluir-se en la insignificança i és clarament superada per una altra sublimitat amb més possibilitats de transcendència amatòria. Em segueix, senyor D'Arboç?

—No.

12

Milet d'Arboç va decidir acomiadar-se de la universitat i posar fi a una estrafolària i improductiva trajectòria docent, tot i que no sabia ben bé per què hi renunciava, si per dedicar-se a temps complet a protegir Elisenda d'Avellaneda d'ella mateixa, o bé per extirpar de la seva vida una institució acadèmica que va menysprear des del moment en què hi va posar els peus com a estudiant. Va matricular-s'hi perquè, incaut i candorós, pressuposava que se li obririen moltes finestres des d'on contemplar el món, amb perspectives diverses i matisos enriquidors, i amb unes possibilitats d'expansió existencial més fermes que les que li podia oferir la seva deficitària i ja oblidada Cabana de Recerca del Jo. Aviat, però, es va adonar que les finestres no s'obrien a l'exterior, sinó a l'interior de les clavegueres més pestilents de la letargia intel·lectual. Això si efectivament s'obrien, és clar, perquè la majoria estaven obstruïdes de manera permanent per la lleugeresa educativa dels professors i la deixadesa epistemològica dels alumnes. Tossut i il·lús de mena, no en va tenir prou i, un cop acabats els estudis, s'hi va incorporar com a professor de Filosofia. Mantenia l'esperança secreta (però poc raonada) de trobar una eixida on sentir-se com a casa més enllà de la Cabana de Recerca del Jo. Va fracassar sense atenuants. Aviat es va adonar que el professorat arrepapat a la càtedra del ram vivia de la filosofia, no per a la filosofia. Tots tenien cònjuge i plançons, cortesana i amants, cotxe i patinets, gossos i gats, sofà i vaporitzadora, hipoteques i lloguers, assegurances i vacances pagades, i havien de guanyar prou xavalla per conservar el que Milet d'Arboç considerava banalitats bastardes. El seu objectiu autèntic, de fet, consistia a atresorar uns ingressos venerables i gaudir d'una aristocràtica consideració social davant els ulls estabornits d'una caterva de llepaculs. Milet d'Arboç va arribar a la conclusió transitòria que aquells ensenyants de filosofia eren només uns assalariats ociosos, uns mercenaris aclofats en càtedres canceroses contractats per a finalitats espúries. Ell, en canvi, havia vingut al món per superar la mediocritat d'uns ceballots que no buscaven la veritat, sinó l'estabilitat. Per descomptat, era vist pels altres professors com un microorganisme tòxic, itinerant, desclassat, desarrelat (i fins i tot pandèmic), l'objectiu del qual era destruir els fonaments sobre els quals s'havia edificat la noble institució acadèmica. I el van sotmetre al buit per aïllar-ne les toxines mentals. I encara sort que una professora d'ètica, no sap ben bé per què (tampoc s'ho va preguntar), es va enamorar d'ell com una bleda i de tant en tant li oferia alguna conversa escadussera i intranscendent. Per desgràcia, Milet d'Arboç amb prou feines se'n va adonar, d'aquell enamorament talòs, i la professora, cansada de sentir-se ignorada, va fugir. Ningú no en va saber mai més res i ningú no la va trobar a faltar.

Potser per això, Milet d'Arboç entenia molt bé l'actitud d'Elisenda d'Avellaneda. Entenia que volgués obrir possibilitats en un demà encara per escriure, un demà a l'interior del qual pogués esdevenir una persona diferent de la que era o de la que havia estat fins aleshores. Amb la particularitat, però, que Elisenda d'Avellaneda no permetia al món que l'envoltava interactuar en llibertat amb ella i arrasava qualsevol dissidència. Hi havia un objectiu no confessat, en la seva actitud: la voluntat de ser diferent, sí, però sobretot d'esdevenir única i imprescindible en termes absoluts. L'afany de transformar el món és comprensible (i fins i tot desitjable i necessari), ara bé, la novetat no pot ser absoluta perquè no hi ha res absolut, en la vida dels éssers humans, que són fills de la cantelluda finitud, agradi o no agradi. Però Elisenda d'Avellaneda no ho sabia (o no volia saber-ho), i per això necessitava el suport de la transcendència. Quan algú es pensa que ha aconseguit fer realitat la utopia (i, estirada al llit, ella s'ho pensava) irrompen en la seva vida esdeveniments que ho capgiren tot, i tot s'ha de replantejar. Ningú no pot atènyer mai el veritable sentit de la vida, i si algú creu que l'ha assolit, sovint tendeix a imposar-lo als altres. Elisenda d'Avellaneda estava pervertint la utopia perquè el seu objectiu era exigir-la als altres i delimitar-ne les fronteres. Però la utopia no és programació, sinó desig de ser alguna cosa que encara no és present, que sempre estarà venint. I el desig sempre és desig no satisfet. És veritat que l'ésser humà no existeix sense esperança, no pot viure sense la perspectiva d'un món diferent. Una humanitat sense esperança està condemnada a ser esclava del cinisme dels setciències i dels falsos herois que encara venen princeses a bon preu; dels il·luminats que se situen sobre un pedestal de fems existencials; dels que, per mantenir el poder, no dubten a esclafar qualsevol divergència. I això, al capdavall, és el que oferia Elisenda d'Avellaneda: esperança. I per aquest motiu tenia tants seguidors. Però el que no sospitava és que, en realitat, no la seguien. Simplement fugien. Com la desapareguda professora d'ètica.

A l'hospital, Milet d'Arboç tenia molt de temps per vagarejar entre disquisicions mentals recurrents, però la rutina hospitalària l'estabornia. I no es va veure amb cor de suportar-la durant gaire temps. I precisament un dia qualsevol en què s'estava replantejant el futur a curt termini, assegut sobre les fredes i irregulars escales davant la porta principal del centre, va dir prou. S'havia fet fosc. Els llums dels fanals dibuixaven estranyes figures sobre l'asfalt. Figures grotesques, esbiaixades. El silenci esmorteïa les formes de les coses i els conferia nous contorns. A poc a poc, es va aixecar. Encara més a poc a poc, es va girar, va alçar el cap i va mirar la finestra mig oberta de l'habitació d'Elisenda d'Avellaneda. Va fer que no amb el cap. Volia caminar una estona per airejar-se i, de passada, airejar el món. De sobte, però, dos individus es van apropar al seu cos i es van col·locar un a cada costat. Vestien pantalons, americana, sabates negres i mitjons i camisa blanques. Si Milet d'Arboç volia anar cap a la dreta, ells l'empenyien cap a l'esquerra; si volia anar cap a l'esquerra, l'empenyien cap a la dreta. I així no podia avançar gaire. Es va aturar i els individus es van aturar. Va córrer i els individus van córrer. Va saltar i els individus van saltar. Finalment, cansat de moure's sense objectiu, es va tornar a asseure, aquest cop en una clapa d'herba dels jardins que envoltaven l'hospital. Els individus van fer el mateix. No gaires segons després, d'un bot inversemblant es va tornar a aixecar i va reprendre el trajecte, però no es va poder desprendre d'aquelles dues figures que plagiaven els seus moviments. Fins que l'individu que tenia a la seva dreta (a qui va anomenar Alfa) el va agafar dissimuladament pel braç; l'altre individu (a qui no va assignar cap nom) va escopir. Milet d'Arboç va deduir, amb encert, que volien que els seguís. Van caminar una estona exageradament dilatada en el temps, tot donant tombs pels mateixos carrers un cop i un altre, fins que, a l'últim, van entrar en un pàrquing privat camuflat sota un parc d'atraccions desballestat. Un cop dins, i després d'haver donat un nombre indeterminat de voltes laberíntiques entre els cotxes aparcats, es van aturar davant d'un vehicle, de carrosseria negra i llandes blanques, desproporcionadament allargassat (tota l'àrea d'influència dels dos individus era una abstracció distorsionant de la realitat). I, de manera inesperada, es va esdevenir el miracle: l'individu Alfa va parlar, la qual cosa va omplir de satisfacció Milet d'Arboç, perquè si expressava coses mínimament intel·ligibles potser hi podria arribar a interactuar en algun moment.

—Senyor D'Arboç, ens hauria d'acompanyar —va proposar d'esma.

—On? —va preguntar esperançat Milet d'Arboç.

—No estem autoritzats a revelar-li aquesta informació —va respondre amb sobrietat.

L'individu Alfa no va dir res més, i no semblava que tingués la intenció de reconsiderar el seu silenci. Resignat, la tímida esperança que feia uns instants havia omplert els pensaments de Milet d'Arboç s'havia esvaït. La comunicació franca i racional amb aquell individu seria una comesa pràcticament irrealitzable. El segon bordegàs ni tan sols parlava. Poc acostumat als fets que no controlava, però sempre afamat d'experiències noves, va deixar que el destí improvisés. Va pujar, doncs, al cotxe, i després d'un trajecte que va durar ben bé disset hores (i catorze minuts afegits amb posterioritat), durant les quals es va mig adormir, van arribar a una petita i bufona pista aeroespacial. Mentre Milet d'Arboç esperava pacient dins del cotxe, els dos individus van baixar i van començar a gesticular, més que no pas a parlar, amb qui semblava el pilot d'un artefacte ultramodern de tecnologia desconeguda i aparença consemblant a un avió. Després d'uns minuts, els dos individus el van convidar a abandonar el cotxe i, sense separar-se ni un mil·límetre del cos de Milet d'Arboç, van pujar tots plegats a l'aeronau. El vol va durar exactament les preceptives disset hores i catorze minuts, amb nombrosos espais buits i forats negres. No va ser un vol còmode. No hi havia passatgers, tret d'ell i d'aquell parell de gamarussos clonats d'un mateix empelt. Tampoc hi havia auxiliars de vol, ni res ni ningú li va oferir begudes psicotròpiques de cap mena per alleugerir la coentor estomacal. Ni menjar ecològicament sostenible. Ni jocs de taula. Ni algun còmic sobre filosofia intrauterina. Ni tan sols una breu conversa sobre la influència dels vols transoceànics en la consolidació del jo. I Milet d'Arboç, que era la primera vegada que volava, va vomitar.

13

—De debò que no em segueix, senyor D'Arboç? Se'm fa difícil de creure, tenint en compte les seves inexhauribles capacitats creatives —va declamar el líder mundial A.

—Gens ni mica, senyor líder mundial A —va confirmar Milet d'Arboç, després de reunir la poca energia residual que li quedava (i una bona carretada de paciència) i d'eludir el comentari addicional a la pregunta.

—Em pensava que les seves habilitats deductives eren més esmolades —va afegir sorneguera la líder mundial H.

—De segur perquè ara mateix em deixo guiar pel mètode inductiu i no pas pel deductiu, senyora líder mundial H, i no tinc prou elements de coneixement particulars per arribar a una conclusió general. Però a veure, senyors líders mundials —va continuar sense deixar-se interrompre—, concretem les seves vaguetats: exactament de quina proposta alternativa em parlen? —va exhortar-los a respondre tot imitant el vocabulari limitat i les modulacions sonores entre solemnes, i per tant ridícules, i transcendents, i per tant buides, dels quatre líders mundials.

—Hem d'establir una estratègia prou contundent i inapel·lable per tal de desactivar Elisenda d'Avellaneda

—va respondre sense dubtar, i encara sense concretar, el líder mundial A—. Parlem d'un gest que ella pugui interpretar com a jeràrquicament superior a la seva determinació de no menjar i no parlar. En definitiva, l'hem de desarmar —va concloure visiblement satisfet de la gestió militarista que havia fet de les seves paraules.

—Continuo sense entendre'l, senyor líder mundial A. Jo no crec que hàgim de seguir estratègies fonamentades en presumptes jerarquies ideològiques. Ella vol ser alguna cosa, és així de senzill i planer, alguna cosa visible, alguna cosa possible, alguna cosa que no ha estat mai. Només necessita que algú li faci cas, i ara mateix és el que té: milions de persones adorant-la de manera incondicional.

—Precisament, senyor D'Arboç, precisament —va admetre de seguida la líder mundial H tot mirant-se les ungles—. Insinuant una proposta que ella considerés superior a la seva obsessió, no només la desarmaríem sinó que, almenys en aparença, la faríem encara més visible, que és el que vol. Seria com matar dos ocells d'un tret. Segons les opinions dels nostres experts, és la solució més adequada, probablement l'única practicable, per superar aquesta inoportuna crisi —va acabar.

—No admeto cap expressió de violència, per metafòrica que me la presenti, senyora líder mundial H —va observar amb determinació Milet d'Arboç abans d'afegir—: Penso, i de pensar no me'n poden donar cap lliçó, que no és el camí més adient per resoldre el seu problema. Més visible als ulls del món no ho pot ser més, la Senda, i és del tot inútil intentar buscar algun mecanisme que ho superi, perquè no hi ha res que pugui extirpar-la de la realitat que ha creat. Té tot el que vol, amics, enamorats, babaus, amants, admiradors, esclaus, imitadors, milers de missatges, munts d'homenatges, fires espectaculars, aplecs sardanistes, tot i tothom gira al seu voltant. Com coi es pot superar, això? —I va callar tot d'una. Estava cansat de jugar al gat i a la rata, i no compartia en absolut el diagnòstic dels presumptes experts, però finalment, com que cap dels líders no deia res, va preguntar—: Quin seria aquest gest segons vostès jeràrquicament superior?

—Morir d'amor —van dir els quatre líders mundials a l'unísón.

—Morir d'amor? —va repetir Milet d'Arboç mentre intentava desembussar-se les orelles i els pensaments amb una dosi expeditiva d'abstracció, però no ho va aconseguir.

—Ho ha entès perfectament, senyor D'Arboç —va dir el líder mundial W amb un somriure de cretí obturat que volia fer passar per un senyal d'intel·ligència superior.

—No, no ho he entès —va insistir Milet d'Arboç tot desviant la mirada cap a la porta de sortida.

—Doncs és molt clar —va sentenciar el líder mundial A.

—Expliqui-m'ho amb una mica més de detall, sisplau —va convidar-lo amb amabilitat Milet d'Arboç, a qui el concepte *morir d'amor* havia posat visiblement nerviós.

—Vostè ha de comunicar a Elisenda d'Avellaneda que pensa morir d'amor per ella, així de senzill —va explicar amb fredor el líder mundial Z tot pentinant-se els cabells amb les mans.

—A veure si ho he entès bé, senyors meus: m'estan proposant que em suïcidi per amor?

—No ens escolta, senyor D'Arboç —li va retreure de seguida el líder mundial A—. Només hem dit que l'hi proposi. Ningú no li ha exigit que converteixi una simple proposta en un fet. Amb les paraules adequades pot fer l'efecte que busquem, i no caldrà anar més enllà. Ella tornarà a menjar, que torni a parlar ens importa un rave, i el món finalment podrà recuperar la viabilitat econòmica i la solidesa moral. La normalitat, en definitiva.

—I jo sempre més estaré en vies d'extinció involuntària, cosa que no em puc permetre, en primer lloc perquè encara em queden molts pensaments en què pensar, i en segon lloc perquè no he arribat a un esfondrament tan violent del substrat interior per abandonar-me al suïcidi —va afegir Milet d'Arboç.

—Li repeteixo que els nostres experts consideren que no caldrà arribar a aquests extrems —va intentar tranquillitzar-lo el líder mundial Z.

—Això no funcionarà —va respondre amb insistència Milet d'Arboç—. Ella no acceptarà mai que algú li tregui el protagonisme de què gaudeix ara. I els seus experts ja poden dir missa. Fins i tot si la idea de suïcidi es convertís en una possibilitat, dubto molt que ella ho acceptés sense objectar-hi res. Tot i que els aclareixo que això no passarà, perquè no tinc la més mínima d'intenció de suïcidar-me.

—Senyor D'Arboç, no especulem i no compliquem les coses. I sobretot no ens avancem als esdeveniments. Si s'arribés a aquest extrem, en tornaríem a parlar —va prometre el líder mundial A.

Milet d'Arboç va mirar amb perplexitat els quatre líders mundials. Podia tallar amb el pensament les seves respiracions feixugues i expectants. Va posar les mans sobre la taula i va començar a fer dibuixos imaginaris. Va pensar en la seva vida i la va resumir mentalment en pocs segons. Va adonar-se que, estrictament, no hi havia gaire diferència entre viure i morir, dues opcions existencials que s'alimenten l'una a l'altra. Ell no era ni viu ni mort. No havia sabut practicar amb encert l'art de la presència i integrar la mort en la vida i la vida en la mort, cosa que hauria marcat la diferència entre la vida amb sentit i la mort en vida.

—I es pot saber de quina manera i a través de quin mitjà hauria de comunicar-li les meves intencions perquè semblessin creïbles? —va preguntar a la fi, tot i els dubtes més que raonables que sacsejaven el seu cervell estamordit.

—A través de Facebook, per descomptat —va dir amb suficiència la líder mundial H—. Ha d'escriure aquest propòsit al seu mur de manera que tingui ressò mundial i faci l'efecte que busquem. Perquè, concretant una mica més, el que ens interessa no és que Elisenda d'Avellaneda torni a menjar, sinó que ho facin els milers de milions de persones que la imiten. Amb això en faríem prou. El que fes ella després seria irrellevant, i no caldria, doncs, que vostè passés de les intencions a les accions.

—Estan disposats a sacrificar una vida?

—Les que calgui, senyor D'Arboç, les que calgui, per això som aquí i per això som líders mundials. En nom del progrés i la supervivència de l'espècie, de vegades s'han d'acceptar efectes secundaris, per indesitjables que puguin semblar als que desconeixen els avatars de l'alta política —va respondre gèlid el líder mundial Z.

—I cregui'm, una vida enmig de milions de vides no és res —va afegir el líder mundial W.

Tenia una certa lògica, el que deien, però era sens dubte una lògica de la crueltat —reflexionava Milet d'Arboç—, la mateixa crueltat que segreguen els grans sistemes filosòfics, polítics i socials que ho tenen tot previst, els sistemes on tot encaixa a la perfecció però no tenen en compte la tragèdia de la finitud humana, reduïda a un molest concepte sense capacitat transformadora perquè tot s'estructura en forma d'equacions matemàtiques i perfectes relacions d'equilibri.

—M'equivoco si pressuposo que també han previst amb exactitud les paraules amb què he de comunicar a Elisenda d'Avellaneda aquestes intencions?

—Sí, senyor D'Arboç, s'equivoca. No hi ha ningú més capacitat que vostè per expressar amb les paraules més precises la intenció de morir d'amor. En això no el podem ajudar, i confiem en les seves reconegudes habilitats lingüístiques per seduir-la i dir més del que en realitat vol dir —va concloure el líder mundial A, que va donar per acabada la cimera.

14

DURANT EL LLARG TRAJECTE DE TORNADA, Milet d'Arboç semblava el cul d'en Jaumet. No es podia estar quiet més enllà d'uns segons. Necessitava moure's sense suc ni bruc per no pensar més del compte, però cada vegada que ho feia aquells individus l'acompanyaven, un a cada costat amb persistència apelagosa, fins i tot per anar al lavatori, i al final va claudicar. Va decidir aturar el moviment i mossegar-se les ungles amb discreció. Impassibles, l'individu Alfa i l'individu que escopia es van passar el viatge mirant amb atenció un punt indeterminat de l'aeronau que Milet d'Arboç era incapaç de situar, però en realitat no miraven res: dormien amb els ulls oberts i innocus. Els dos individus el van dipositar just on l'havien anat a buscar, davant la porta d'entrada de l'hospital. Milet d'Arboç es va asseure un moment a les escales per agafar aire i finalment va entrar a l'edifici, però abans de pujar a l'habitació es va aturar a la cafeteria. Va demanar un tallat descafeïnat amb llet descremada i sense sucre. Encara no estava preparat per veure Elisenda d'Avellaneda, i un costum tan prosaic i familiar com prendre's un tallat descafeïnat amb llet descremada i sense sucre l'ajudaria a situar-se en un món que no era gaire més possible que el dissenyat pels quatre líders mundials. S'adonava més que mai que sempre havia viscut al marge de qualsevol realitat i potser havia arribat l'hora d'integrar-se en alguna. Però, n'hi havia alguna de debò, de realitat on esdevenir admissible? La seva capacitat de recrear mons conceptuals desapareixia a mesura que se li incrementava la sospita que res no aspira a ser raonablement versemblant. Potser només volia diluir-se en un món que es movia massa de pressa, tot i saber que l'excés de canvi nega precisament el mateix canvi. Ell no estava fet per moure's, però podia construir res des de la immobilitat?

Elisenda d'Avellaneda no era diferent de ningú, ben al contrari, era més igual que tothom. Tan sols perseguia el reconeixement immediat i la veneració incondicional, i per aconseguir-ho havia renunciat a la recerca d'una altra manera de ser en el món més generosa i compassiva, més ètica al cap i a la fi. I l'amor —un miratge codificat per justificar l'absència de sentit de l'ésser humà—, comptat i debatut, era per a ella només un mitjà. Milet d'Arboç no era del tot imbècil, és clar, però la seva inexplicable credulitat (o potser la necessitat) l'havia empès a convertir-se en un complement, ara prescindible, d'Elisenda d'Avellaneda. Potser vivia poc, però no volia ser l'apèndix de ningú. Assegut en aquella cafeteria asèptica, se li'n refotia la crisi de què li havien parlat els quatre líders mundials. Era la crisi d'un model agonitzant de vida. No era pas Elisenda d'Avellaneda, qui havia provocat tot allò. Ella era només una escopida més, una nosa (o una adversitat) que s'havia d'exterminar o, amb més exactitud, una conseqüència no desitjable de la presumpta crisi de (determinats) valors. Era el món mateix que, rabejant-se en la desesperació dels ignorats, ja no podia donar més de si. Era el final previsible després de segles de regressió mental. Els líders mundials de qualsevol època i origen havien assumit el poder eliminant el pensament dels subjugats. I eliminant el pensament, van esbandir el dret de rèplica i, per descomptat, la lluita de contraris, l'interior i l'exterior, la llum i la foscor, la ficció i la realitat, el canvi i la immobilitat, el rellotge que s'avança i el rellotge que s'endarrereix, el Yin i el Yang. Tots els contraris van deixar de reaccionar entre ells i van desaparèixer en una unitat totalitària. La història penjava del mateix fil que el món exigit pels quatre líders mundials.

Malgrat la profunda decepció que l'esbalandrava, pensava en Elisenda d'Avellaneda i no podia evitar sentir una lleugera tendresa per aquell ésser i la seva particular manera d'existir. O de morir. Potser per això, a la fi va decidir oferir-li el reconeixement que mereixia tanta perseverança i fer el sacrifici de dramatitzar que pensava morir d'amor per ella. Potser sí que, fent un gest de sublimitat definitiva, aconseguiria que Elisenda d'Avellaneda assolís la pau i es deixés de captenimients messiànics. Abans, però, Milet d'Arboç es va voler deixar clar a si mateix que no ho faria per satisfer les instruccions dels estirats, presumptuosos i dèspotes quatre líders mundials, i encara menys per salvar la humanitat de res. Ho faria perquè volia, perquè li donava la filosofal gana.

Decidit, doncs, va pujar a l'habitació. Elisenda d'Avellaneda estava, era habitual, enfeinada atenent frenèticament els seus seguidors a través del mòbil (d'un dels mòbils en concret, perquè n'havia acumulat una munió, tota una gentilesa de les hordes de fanàtics que, aterrits en vista de la possibilitat que s'espatllés el que feia servir normalment, n'hi regalaven un de tecnologia futurible, amb garantia inclosa, gairebé cada dia). Sense deixar de mirar-la, Milet d'Arboç va posar la mà esquerra a la butxaca posterior dreta dels pantalons i en va treure el seu, de mòbil, que no era d'una tecnologia tan avançada com els d'Elisenda d'Avellaneda. Va dubtar un nombre indeterminat de vegades. Era una decisió crucial, crítica, no se l'havia de prendre a la babalà. Va tornar a analitzar ràpidament tots els pros i tots els contres. Al final va sacsejar el cap tres vegades i es va connectar i desconnectar de Facebook també tres vegades. Fins que va dir prou i va establir una connexió definitiva.

Milet d'Arboç *Estimada, delicada i denerida Elisenda d'Avellaneda, el meu cor exiliat i esqueixat per la fosca prosaica de la realitat aparent ha vist per fi la llum que sempre se li havia negat. I gràcies a aquesta llum reveladora que s'ha introduït tot d'una en un dels soferts ventrílocs, t'oferiré l'eternitat inalienable de l'amor precisament morint d'amor, i ho faré, escanyolida Senda, tot saltant per la finestra davant dels teus ulls perquè ho puguis veure bé... Això sí, perquè tots els teus sentits ho percebin correctament, amb totes les facultats a ple rendiment, et demano, sisplau, que tornis a menjar, ni que sigui uns tristos plats* *vegetarians, no pas per satisfer l'estómac, no, sinó per recuperar les funcionalitats corporals plenes i complaure, d'aquesta manera tan física però tan necessària, la teva ànima malalta de guspirejos amatoris.*

Elisenda d'Avellaneda *El meu estómac podrà reprendre l'activitat habitual només quan els meus ulls hagin absorbit la delicada imatge del teu cos morint d'amor pel meu.*

Ho sospitava. Hauria d'haver previst sense vacil·lacions que seria una feina titànica i tirànica convèncer-la sense prendre mal. I morir d'amor no encaixava en les previsions de futur de Milet d'Arboç, tot i que no es va estar de rumiar que, des del principi dels temps, tothom donava massa importància al fet biològic de morir. I ho va tornar a constatar tan bon punt va haver expressat al mur les seves intencions a Elisenda d'Avellaneda. Va rebre una allau de complicitats convidant-lo a acomplir la paraula escrita. Però els dubtes de Milet d'Arboç a l'hora d'actuar, a l'hora de fer efectiva la promesa, a més d'un reguitzell gens menyspreable d'insults virtuals (i poc o gens originals), van provocar un efecte secundari inesperat. Des de tots els racons del món, els milions d'acompanyants enamorats dels respectius milions de clons d'Elisenda d'Avellaneda van començar a aplicar el que Milet d'Arboç no s'atrevia a materialitzar: saltar per la finestra. L'única iniciativa positiva per contrarestar una mica els danys de tanta ofuscació col·lectiva va ser l'obertura de nombroses empreses dedicades a perfeccionar artísticament la plasticitat dels salts al buit, cosa que va provocar uns inesperats efectes vigoritzadors per a l'economia i va suposar un contrapunt al tancament de les empreses convencionals. Es van organitzar cursets (teòrics i pràctics) de tota mena: salts acrobàtics, salts asexuats, salts inversemblants, salts tragicòmics, salts de cap per avall, salts relaxants, salts intel·lectuals, salts amb salsa o amb mel i mató, salts vegetarians, salts amb acompanyament d'orquestra, salts econòmics, salts LGTBIQ+ i un llarg etcètera. Hi havia sobretot una gran demanda del senzill salt a la bolonyesa ecològicament sostenible, que es va convertir en tot un esport de masses, amb el molest efecte secundari que els carrers s'omplien de carn trossejada en bocins ben petits, i es feia difícil caminar-hi sense relliscar si no es protegien els peus amb unes originals xancletes dissenyades especialment. Les cadenes de televisió van alterar la programació habitual per oferir els salts més originals i espectaculars, i fins i tot se'n van arribar a celebrar concursos en directe.

Milet d'Arboç ja no gosava sortir de l'hospital ni per recarregar la substància pensant. Sospitava que, com a conseqüència d'aquells fets tan allunyats dels interessos dels quatre líders mundials i tan poc higiènics per al correcte desenvolupament del dret a la salut universal, en el moment de posar els peus al carrer l'individu Alfa i el que escopia l'escortarien una altra vegada fins a aquella sala trista i mal il·luminada, i freda i compungida, per rebre les amonestacions pertinents d'aquells quatre cabdills megalòmans, asseguts de nou al voltant de la taula ovalada de dimensions perceptiblement desmesurades.

Però Milet d'Arboç es va equivocar un cop més. Mentre mirava, al costat d'una complaguda i inflamada

Elisenda d'Avellaneda, una de les nombroses olimpíades de salts per televisió, de sobte van interrompre l'emissió per informar d'una sorprenent notícia d'última hora. Unes imatges d'arxiu, en les quals es podien veure uns subjectes somrients inaugurant centrals nuclears, visitant hospitals per a no binaris i hivernacles per a discapacitats transgènics, i reunint-se amb altres subjectes somrients (que també inauguraven centrals nuclears, visitaven hospitals per a no binaris i hivernacles per a discapacitats transgènics), acompanyaven gràficament una abatuda, gairebé plorosa, veu en off: «Els líders mundials A, H, W i Z es llancen per la finestra ballant sardanes, sembla que en una generosa demostració de solidaritat amb el món i, sobretot, amb un petit país sense nom, l'únic lloc de tot el planeta on es balla aquesta estranya dansa». Després que la veu en off hagués recitat amb cura el currículum dels quatre líders mundials i hagués exposat un resum força incomplet de la història del país sense nom, un expert en política internacional va expressar la seva particular interpretació de l'esdeveniment, que en essència giravoltava sobre dos eixos: el primer, l'acceptació explícita que el vell ordre mundial s'havia quedat obsolet i que una nova manera d'entendre les relacions internacionals s'obria pas sota la tutela d'Elisenda d'Avellaneda; i el segon, el reconeixement sense matisos del país sense nom com a capdavanter indiscutible d'aquest nou ordre mundial. L'expert, però, estava poc bregat en les cruïlles històriques del país sense nom. No havia tingut en compte que la tradició del país sense nom descansava, oscil·lant en el buit, sobre la voluntat de ser i no ser alhora, però, malauradament (i d'això Milet d'Arboç n'havia fet nombroses reflexions i algun apunt amb bolígraf), aquesta voluntat havia estat menystinguda i condemnada a diluir-se a perpetuïtat en una singularitat ontològica digna de merèixer uns estudis d'especialització en rareses metafísiques. Seguint aquesta línia d'investigació, Milet d'Arboç havia adaptat una teoria filosòfica racionalista segons la qual no hi havia cap buit a l'interior del país sense nom, perquè llavors caldria explicar per què certes parts estaven ocupades i d'altres no, i la raó no podia trobar-se en el buit mateix, perquè el buit és absolut i no es pot parcel·lar. Llavors, però, si al país sense nom no hi havia cap buit, què hi havia? Malgrat aquestes intenses reflexions, Milet d'Arboç no havia aconseguit superar la inquietud inclosa en l'últim interrogant i va ser incapaç de bastir una conclusió definitiva. El país sense nom era un problema filosòfic de primera magnitud, com l'al·legoria de la caverna, els judicis sintètics a priori, el *cogito ergo sum*, l'Anticrist o el mite de Sísif. Però el pitjor (i això no ho havia previst l'expert en política internacional) era que, arran de la mort dels quatre líders mundials, el país sense nom arrossegaria la Terra sencera cap a la pròpia i extremament perillosa inconsistència ontològica.

15

MILET D'ARBOÇ, DONCS, va abandonar l'hospital amb la ferma convicció que ningú no el convidaria a fer un viatge no desitjat. No va mirar enrere. Qui el trobaria a faltar? Sentia la lleugeresa de ser sol en si mateix, sense distorsions mediambientals, sense les rígides obligacions morals imposades per un món que no era el seu. Sentia pau en un univers que agonitzava, víctima dels desitjos totalitaris dels éssers que l'habitaven. Era la pau dels que no han tingut mai res, dels que han caminat tota la vida acompanyats per absències espectrals i somnis no acomplerts, dels que, ben mirat, no tenen somnis perquè els somnis són renúncies, dels que no creuen en res perquè creure és una ficció més i un estirabot dels dissenyadors de realitats absolutes. Caminava molt a poc a poc, assaborint els peus, desprenent-se de la fatiga de tants dies arraulit a l'hospital observant com defallia una vida insubstancial al servei de si mateixa.

Però també caminava amb els ulls oberts de bat a bat, per motius molt més utilitaristes que les reflexions que el sacsejaven, atent al món en extinció que l'envoltava. I és que no li abellia ni poc ni gaire que cap d'aquells éssers que practicaven el salt al buit des dels pisos alineats a banda i banda del carrer s'estavellessin contra el seu pensar. No era una pluja qualsevol. Observava, amb admiració i menyspreu alhora, com colpejaven el terra cossos de sexes, textures i condicions cerebrals divergents, sovint enfrontades i contradictòries. Per heterogenis que fossin, tots, sense excepció, feien el mateix soroll brut i apagat, tou. La mort és igualitària i uneix per sempre els humans de qualsevol condició.

Enmig d'aquell acolorit desgavell sangonós, el trànsit havia quedat reduït a la mínima expressió contaminant. Munts de vehicles abandonats al carrer de qualsevol manera contribuïen a ornamentar la catàstrofe amb plasticitat. Ajudants de cuina, monitors de lleure, botiguers arruïnats, perruquers de gossos, desnonats, assassins en sèrie, estafadors de sèrie, jutges estrella, policies patriòtics, dinamitzadors culturals, vagabunds somicaires i qualsevol criatura més o menys humana s'havien enfilat als pisos més enlairats dels gratacels, des d'on ideaven un salt que fes història, sense saber que ja no hi havia història. No es veia ningú passejant pels viscosos carrers coagulats. I amb els metges solidaritzant-se amb la causa, no s'atenia com calia els milions i milions de clons d'Elisenda d'Avellaneda, que a poc a poc havien anat morint d'inanició i que ignoraven (entranyablement feliços) els subterfugis que mantenien el cos del seu referent existencial en vida. Lògicament, un cop perdut l'objecte del seu presumpte amor, als acompanyants que encara dubtaven sobre la conveniència de sacrificar-se per amor ja no els quedava cap més alternativa que fer el preceptiu salt per la finestra, encara que fos a la babalà, sense un aprenentatge previ. L'asfalt i els empedrats dels carrers anaven desapareixent sota aquells manyocs de carn i ossos en descomposició. Els quatre líders mundials l'havien encertada. La fi del món era propera i inevitable. Però era només la fi d'un món.

Milet d'Arboç no entenia per quin motiu aquella obstinada dèria global no l'havia afectat com a tothom. Se sentia un pària, un inadaptat de les vicissituds d'un món encara més pària i més inadaptat. Caminava, s'aturava i tornava a caminar, però, cagadubtes com sempre, no sabia on anar a raure per estabilitzar-se o esterilitzar-se. I de sobte, fent un saltiró per no col·lidir amb un suïcida tocatardà, va pensar en la vella Cabana de Recerca del Jo, on tot va començar, i una alenada d'enyorament el va subjugar. Va mirar al voltant. Hi havia vehicles per triar i remenar, però no s'hi va entretenir gaire. Va escollir, entre els munts de mitjans de transport sobre rodes abandonats, un cotxe petit de color blau amb la ITV caducada. Va començar a conduir en direcció al poble, a la seva infantesa, als seus orígens. Hi va arribar enmig de paisatges desoladors on els voltors, que s'havien multiplicat a la vista de tanta carn putrefacta, eren l'únic senyal més o menys acceptable de vida (de vida queixalant la mort, més exactament). Va baixar del cotxe sense apagar el motor. Després d'una estona de camí entre aquelles cases que l'havien vist créixer, va passar pel davant del mas on una vegada havia nascut. No va sentir res. I es va endinsar decidit al bosc.

Havien passat molts anys, però encara podia reconèixer l'estructura (no tan fràgil com s'havia pensat), ara recoberta per les heures, de la cabana. La densa vegetació que l'embolcallava fins i tot donava una aparença més sòlida al conjunt. Va apartar l'herbam i hi va entrar. Era de debò casa seva? Algun lloc havia estat mai casa seva? Necessitava l'acolliment i el recolliment que li oferia aquella cabana malgirbada? Va moure el cap, exhaust. Per què continuava creient en aquelles rebregades i il·legítimes ficcions després de tants anys? La Cabana de Recerca del Jo era un altre mur, i un mur no fa desaparèixer l'abisme, només l'amaga. Milet d'Arboç, un entès en estimballs de tota mena, es va adonar que no havia avançat, ni tan sols havia deixat enrere etapes de l'existència que creia que ja estaven superades. Estirat a la Cabana de Recerca del Jo, només volia abstreure's i badar sense objectiu. Aclofar-se en la inconsistència, tal com havia fet durant els dies de pluja de la infantesa, quan la boira ensabonava les formes i tot semblava un tot homogeni i indestriable. De sobte es va aixecar, va sortir de la cabana i, després d'agafar del terra un tronc amb forma d'ela geminada, va començar a colpejar-la embogit fins que no en va quedar res, només un garbuix de branques estellades, herbes ajagudes i flors capitombades. I es va allunyar bosc endins fins que es va asseure, atuït i suat, sota una alzina borda exiliada en un conreu de fèrtils castanyers.

Milet d'Arboç sentia que es descomponia, que s'apagava, que els seus àtoms perdien cohesió. S'adonava finalment que havia estat fruit d'un error. El món sencer era un error, un error alimentat per messies solemnes que pretenien colonitzar l'ètica per homogeneïtzar els éssers i negar la vida i el pensament, per empobrir el temps escàs dels humans reduint-lo a una gitarada pudenta i irrespirable. Milet d'Arboç va esclafar el mòbil amb els peus. No necessitava estar connectat a cap realitat. Ni a cap ésser. Ni tan sols a ell mateix. Només en l'experiència de no ser podia trobar algun sentit, i no pas en la narració heretada del que hauria de ser, o del que hauria de tenir, o del que hauria de voler, no pas en la narració mal estructurada d'una vida controlada pels líders mundials, amb les seves pobres i irrisòries expectatives de futur i la fallera de buscar esquerdes on recloure la llibertat. No, no necessitava estar connectat a tot això. No necessitava estar connectat a res. No necessitava Elisenda d'Avellaneda. Ni les conspiracions geopolítiques. Ni l'amor. Ni els pensaments. Ni els somnis. Ni tan sols necessitava respirar. Era només alguna cosa no planificada i no prevista, un pròleg inacabat, la cita literària de ningú, potser un epitafi sense cadàvers sobre els quals escriure la inexistència. Un apunt, una llenca, una fracció, un fragment, un peu de plana. Un orgasme insatisfet. L'altre de l'altre que mai no seria. L'auréola del buit sobre els irreals teixits erèctils de l'absurd.

Un epíleg

El professor tanca el llibre i dona la conferència per acabada. Mira els seients buits de l'auditori: amb prou feines una desena d'assistents. Ningú aplaudeix. Tampoc ho esperava. Són temps difícils, i qualsevol gest inapropiat pot significar l'obertura d'una investigació per part del Comitè per al Redreçament Ideològic. Mentre l'auditori es va buidant mira la gran imatge que presideix l'espai, la mateixa imatge que hi ha a les escoles, als pavellons d'esports, als bars de copes, als bordells, als centres d'estètica per a inadaptats, a les fàbriques d'assalariats, als casals de reconversió social, a les pistes desèrtiques dels aeroports, als trapezis dels circs i a qualsevol edifici oficial i no oficial. La mateixa imatge que hi ha a les monedes, als bitllets, a les targetes de crèdit i a les cartilles de racionament filosòfic. La imatge de la líder mundial Elisenda d'Avellaneda Primera. El professor pensa en els últims deu anys. Els supervivents de l'Època del Salt al Buit són ara el braç armat de la idolatrada líder mundial: coixos, mutilats, tolits i esguerrats formen un autèntic exèrcit anomenat Esquadró per a la Prevenció de l'Avellana Corcada, que extirpa des de l'arrel fins a la fulla qualsevol indici de dissidència. Els salts estan prohibits i només es permet l'enamorament seguint una estricta normativa que el mantingui dins uns límits raonables de mesura i equilibri al servei del règim. El professor sap que fa temps que és a la llista de desafectes. Les seves investigacions sobre un filòsof poc conegut anomenat Milet d'Arboç, considerat l'enemic número u del nou sistema de poder, són inadmissibles, i el Comitè per al Redreçament Ideològic li ha obert un expedient de purificació urgent.

El professor, però, ben poca cosa en sap, de Milet d'Arboç. Tot el que envolta la seva figura és un enigma. Va desaparèixer misteriosament durant el Dia Zero Punt Zero de la nova era. El professor va recollir els escrits que va poder de Milet d'Arboç (sobretot els que estaven escampats de qualsevol manera per Facebook, ara clausurat) abans que el Comitè per al Redreçament Ideològic decretés la destrucció de tota la seva obra, en especial la que el vinculés a la líder mundial Elisenda d'Avellaneda Primera. Però el que més l'atreu de Milet d'Arboç no és precisament la boira existencial que l'envolta, ni la tendència a l'anonimat, sinó les teories sobre la multiplicitat del no-res com a antídot del transcendentalisme. Per això pronuncia aquestes conferències, per revelar a tothom qui el vulgui escoltar que en els pocs escrits que s'han pogut salvar de Milet d'Arboç s'intueix una dimensió ontològica inèdita, una *amb-prou-feines-vida* al marge de qualsevol temptació d'essencialisme i una proposta més concreta de neteja de líders, dictadors, gurus, profetes, guies espirituals i altres exterminadors del pensament per l'estil, en confrontació directa amb la concentració de poder i l'expansionisme de l'anomenada Ideologia de la Transcendència en la Puresa Unificadora. Milet d'Arboç proposa una fusió lliure amb la naturalesa subjacent com a primer pas per a la dissolució definitiva del jo en la no-presència. El professor sap, però, que aquestes teories són parcials i incompletes, i per fer-ne una reconstrucció amb cara i ulls hauria d'accedir a l'espai físic concret on Milet d'Arboç les va desenvolupar al final de la seva vida. Està segur que algun manuscrit o alguna nota escadussera hi devia deixar, fins i tot alguna idea espectral no manifestada. Però, tot i les hores de dedicació, no ha aconseguit esbrinar on pot perviure aquest indret. Estudiant amb atenció els escrits de Facebook, vagament intueix que aquest territori no té nom, però no és possible determinar si és de debò un lloc concret o bé només un correlat objectiu geofilosòfic del pensament de Milet d'Arboç. Per acabar-ho de fer més difícil, els llibres de geografia, història, literatura, psicologia i filosofia anteriors al Dia Zero Punt Zero han estat arrasats de tots els àmbits i substituïts per la doctrina (de transmissió oral) única i harmonitzada del règim, amb l'objectiu de conduir la societat fins a un estat d'hibernació i paràlisi ideològica permanent sobre el coixí de la desmemòria.

Capficat encara per l'escassa concurrència, quan tothom tret d'ell és fora, de sobte s'obre la porta de l'auditori. El professor alça el cap. És l'Esquadró per a la Prevenció de l'Avellana Corcada. Sap que el venen a detenir, però no pensa deixar-se agafar sota cap circumstància. Ja fa temps que esperava aquest moment. Sense perdre la calma, molt a poc a poc s'acosta a un dels finestrals, l'obre, sospira i salta.

Una nota a peu de plana

MILET D'ARBOÇ OBRE ELS ULLS. Un pardal juga entre les branques de l'alzina borda (exiliada en un conreu de fèrtils castanyers) sota la qual s'ha adormit. No sap quant de temps ha passat. S'incorpora lleugerament i mira al voltant. Veu el mòbil aixafat. S'aixeca atordit, amb un pessic de migranya. El pardal fuig enmig d'un dolç desistiment. Amb prou feines se sent cap soroll. Grumolls de pensaments parcials, confusos, l'abalteixen. Camina amb lentitud fins a la Cabana de Recerca del Jo i observa què en queda dempeus. S'extasia en la destrucció. Sempre li ha agradat formar part de la tragèdia, de l'ensulsiada de valors i formes de vida obsoletes. Potser per això s'ha passat l'existència transformant-se d'un no-res en un altre no-res.

—Ho has de fer, collons! —exclama de sobte, sorprès per la duresa inesperada i insultant que detecta en la modulació de la seva veu—. Has de recuperar les pulsions primigènies.

Comença a córrer a batzegades, empès per ressorts que no controla, i de seguida desfà el camí fet. Travessa una altra vegada prades, erols i boscos, fins que s'atura als alentorns del poble. Veu una furgoneta abandonada. Sorprenentment, aconsegueix engegar-la sense esforçar-s'hi gaire. I això, en una persona com ell, poc adaptada a les complexitats de les feines d'execució manual, l'omple d'un orgull potser injustificat. Condueix a poc a poc, tan a poc a poc que ha de fer nit a mig camí en una planta de tractament de residus. L'endemà, més espavilat (però no pas fresc com una rosa), i després de superar una quantitat forassenyada de restes orgàniques en avançat procés de putrefacció, arriba a la capital sense nom del país sense nom. El paisatge és un magma indestriable de podridures metòdicament classificades per l'atzar. La ferum és insuportable i es protegeix el nas amb la samarreta mig estripada. No percep cap moviment enlloc, tret del tediós zum-zum dels cucs entre les vísceres i les encara més tedioses disputes dels voltors —poc acostumats a tanta necrofília barata— per aconseguir la millor carnassa. Milet d'Arboç constata que ja no queda ningú disponible per fer el preceptiu salt al buit. Després d'un periple interminable pels carrers esventrats, arriba finalment a l'hospital. Quan està a punt d'entrar, dos éssers grotescament emmascarats l'aturen.

—On es pensa que va? —pregunta un dels individus brandant coactivament una destral ben vistosa.

—Soc Milet d'Arboç. —Ha pronunciat les paraules amb una dicció ampul·losa, que reclama respecte, gairebé submissió.

—Ho he entès bé? Milet d'Arboç el Tita Freda?

—Perdoni?

—Com gosa aparèixer aquí precisament vostè, que no té el que s'ha de tenir per morir d'amor per la Divina Presència que Mou el Món? —observa l'individu alçant amenaçador la destral.

—Doncs, miri, precisament soc aquí per això, per reconèixer amb humilitat el meu error i llançar-me sense més dilacions per la finestra de l'habitació d'Elisenda d'Avellaneda —menteix Milet d'Arboç, tot mirant amb desconfiança l'estri que bascula perillosament sobre el seu cap.

—La Divina Presència que Mou el Món, deu voler dir —el convida a rectificar l'individu sacsejant la destral.

—Sí, sí, la Divina Presència que Mou el Món —s'afanya a admetre sense protestar Milet d'Arboç.

—Les coses s'han girat d'allà on ve el vent des que va fugir com un cagacalces, i hauré de consultar a la Divina Presència que Mou el Món si accepta la seva proposta tocatardana. Hauria de saber que som en temps de descompte —informa el mateix individu tot abaixant la destral mentre desapareix per la porta d'entrada.

Milet d'Arboç aprofita el parèntesi per relaxar-se i assolir l'ataràxia perfecta. Inspira i expira fondo un nombre indeterminat de vegades; fa estiraments i abdominals suaus; corre sense moure's del propi eix de rotació; finalment, torna a inspirar i expirar fondo. L'altre individu no es mou. Tampoc parla. No té una destral entre les mans, però sí un ganivet de dimensions considerables amb el qual, esporàdicament, juga a fer equilibris poc destres. Passa el temps. Torna a passar el temps. L'individu de la destral reapareix.

—La Divina Presència que Mou el Món el rebrà amb la condició que no s'entretingui amb collonades i vagi per feina —anuncia tot fent un gest a l'individu del ganivet perquè acompanyi Milet d'Arboç.

—Cap problema —respon Milet d'Arboç—. Soc un expert a fer salts existencials amb la rapidesa inherent als que no tenen res a perdre.

—Esperi un moment! —requereix l'individu de la destral posant-li al pit la mà que té lliure—. Porta cap arma?

—La meva única arma és el pensament —respon Milet d'Arboç amb íntima satisfacció per les seves paraules.

—I on la guarda, aquesta arma? Qualsevol mena d'objecte punitiu està prohibit.

—No pateixi —sospira—, és una arma gens convencional que no segueix les lleis de la física tradicional, més aviat les contradiu.

—I això què vol dir?

—Res, res important —torna a sospirar Milet d'Arboç—. Que no porto cap arma digna de ser considerada com a tal.

—Acompanya'l —ordena l'individu de la destral a l'individu del ganivet oscil·lant.

Milet d'Arboç entra decidit a l'interior de l'edifici i s'atura davant l'ascensor, però l'individu del ganivet oscil·lant fa el gest, ben explícit, de comminar-lo a pujar les escales. Milet d'Arboç mou les mans estrafolàriament perquè quedi clar que no s'esperava aquell exercici físic extemporani i inútil, està massa cansat de tantes anades i vingudes entre cadàvers recurrents, però ha de ser prudent i opta per seguir fil per randa les instruccions. No vol posar en perill el seu objectiu. Mentre pugen, s'adona del silenci que abriga emfàticament l'hospital.

—Quina pau més laxant, no troba? —observa.

L'individu del ganivet oscil·lant s'arronsa d'espatlles. Milet d'Arboç desisteix de fer cap més comentari i es concentra en la tasca cavalleresca que l'ha tornat a portar fins a l'hospital. Ja davant la porta de l'habitació, es pregunta com es comunicarà amb ella, tenint en compte que el seu mòbil jeu esclafat a prop de la runa de la Cabana de Recerca del Jo. Sacseja el cap. Alguna solució original trobarà, sempre la troba. Entra. L'individu del ganivet oscil·lant s'ha quedat a la porta fent guàrdia. Elisenda d'Avellaneda no és al llit. Asseguda en una cadira davant la finestra, mira embadocada el carrer. Somriu.

—Quina sorpresa més llicenciosament esperada, estimat i recalcitrant pensador. Quina delectança tan aclaparadora que sent el meu cor solitari assedegat d'enamoraments múltiples! Trobava a faltar les teves paraules sempre confortables per a la correcta interpretació de l'amor —diu Elisenda d'Avellaneda sense deixar de mirar per la finestra.

Milet d'Arboç no esperava, ni en els més hermètics dels no-res, tornar a sentir la veu sedosa d'Elisenda d'Avellaneda, però de seguida fa un gest d'alleujament. Havent recuperat la veu, sens dubte la comunicació serà més fluida.

—Per què tornes a regalar a la humanitat el timbre encoixinat de la teva veu, deliri etern d'amor mai no satisfet?

—Perquè ja no crec en l'amor —revela amb una duresa impròpia de l'Elisenda d'Avellaneda que Milet d'Arboç encara recorda—. I em complauria que t'estalviessis l'ús tan bleda que fas del llenguatge per emmascarar la vida. T'adverteixo que soc una altra —afegeix amb rudesa després d'uns segons de silenci inflamat de tensió metafísica.

Milet d'Arboç se sent agredit. I ofès fins al moll del pensament. No entén el canvi inesperat d'Elisenda d'Avellaneda, i considera que aquesta actitud (sigui circumstancial o definitiva) és una traïció sense matisos a tants moments de solidaritat intel·lectual i amatòria.

—Ja me n'he adonat, ja, que ets una altra, ara ets la Divina Presència que Mou el Món, segons m'han informat —respon amb un deix de pastosa repugnància que no pot ni vol dissimular.

—No en facis gaire cas. Els supervivents, pobres, erms i malaurats pidolaires existencials, necessiten una guia que els orienti en aquest món tan metafòricament devastat —observa somrient amb sarcasme Elisenda d'Avellaneda.

No som mai els mateixos, torna a reflexionar Milet d'Arboç, en nosaltres sempre hi ha algú que ens contradiu i ens escup a la cara qui no som ni mai serem. No podem ser mai de manera definitiva. L'ésser humà, Elisenda d'Avellaneda inclosa, no encaixa enlloc i no pot ser situat ni interpretat sobre la base de cap teoria estructurada en termes absoluts. I tampoc se'l pot inscriure en cap pretensió de normalitat. Elisenda d'Avellaneda ho ha tornat a fer: la provisionalitat l'ha obligat a fer una nova relectura i recontextualització de les seves opcions i decisions. Som éssers perduts en un estat constant de transformació i deformació. Tot i que n'era conscient, Milet d'Arboç se sent essencialment decebut. No s'esperava aquesta metamorfosi en Elisenda d'Avellaneda, una metamorfosi que desactiva les intencions que l'han emmenat altre cop a l'hospital.

—I ara... què? —es pregunta desconcertat amb un fil de veu.

—I ara... res, capficat Milet d'Arboç. No flagel·lis inútilment la teva substància pensant. I sobretot, no menystinguis la teva integritat corporal, no cal que facis el salt al buit, no t'ho demanaré pas. Ja n'estic cansada, de tot aquest exhibicionisme histriònic sense perspectives de futur —respon Elisenda d'Avellaneda, que afegeix—: Però et vull proposar una cosa molt més profitosa.

—Digues —balbuceja tímid Milet d'Arboç, cada vegada més destarotat.

—Has cardat mai?

—Eh?

—Ho has entès perfectament. T'ho repeteixo un altre cop: has cardat mai? —insisteix Elisenda d'Avellaneda

—No. I em pensava que ja ho sabies. —Milet d'Arboç comença a sospitar que alguna cosa grinyola, en aquesta posada en escena cada vegada més aterridora.

—Ho sé, però volia que m'ho diguessis sense subterfugis.

—Doncs ja t'ho he dit —respon amb desconfiança Milet d'Arboç.

—Vols que cardem? —La pregunta no és gens retòrica.

—La nostra relació no és d'aquesta mena —protesta amb laxitud Milet d'Arboç.

—Vols extirpar d'una vegada del teu cervell les relacions impossibles, les filosofies mòrbides i les ficcions poc digestives? —Deixa passar uns segons abans d'afegir alçant la veu—: Que encara no t'has adonat del món on vius?

—No et reconec ni et vull reconèixer, Senda, no sé ni vull saber amb qui estic parlant de debò, perquè ja no sé qui ets, si és que ets algú —es queixa amb amargor Milet d'Arboç, també alçant la veu—. Tu no ets tu. I la vida és alguna cosa més que infèrtil desig. Tu més que ningú hauries de saber que el desig no és el material humà més adient per preservar el pensament d'intoxicacions inadmissibles per al correcte funcionament de les capacitats d'anàlisi objectiva de la realitat ontològicament viable. I, a més, hi ha...

—Prou! —el talla decidida—. Deixa't d'hòsties reconsagrades, recollons! Tu i la teva filosofia us heu estat fent la palla més llarga de la història. Afronta la realitat d'una vegada.

—Quina realitat? La teva? La meva? La del Pare Carbasser? La dels cossos que es podreixen a fora? Quina realitat? Explica't, tu que ets tan puta!

—No n'has après, encara —suggereix amb condescendència Elisenda d'Avellaneda—. No t'adones que el teu món, la teva necessitat de crear mons alternatius, és una il·lusió sense cap possibilitat de materialitzar-se?

—I per això vols cardar? —li retreu Milet d'Arboç.

—Vull cardar perquè t'atalaïs que tants anys de reflexió no t'han servit de res aprofitable, que la transcendència no és humana perquè som éssers finits, que l'única cosa que importa de debò és el cos. Sí, el cos, esgarrinxat Milet d'Arboç, el cos i algun orgasme de tant en tant. No hi ha res més.

—El cos és la mentida del pensament, i de vegades, per no dir sempre, és un obstacle per a l'anàlisi correcta del que ens envolta —planteja Milet d'Arboç per intentar redreçar-li el sentit comú.

—El cos et fa nosa només a tu. Però el cos és l'única realitat que sabem del cert que posseïm i que ens posseeix. Existim i un dia deixarem d'existir perquè el cos dirà prou.

—Caram, Senda, ara ho entenc; potser per això, per protegir el teu cos insubornable, tens al teu servei aquest parell d'energúmens que m'han amenaçat d'una manera tan poc enraonada amb una destral i un ganivet. I que t'adoren com si fossis una vulgar i poc treballada aprenenta de deïtat presocràtica feta carn, això sí, no comestible —especula aparentant un control sorneguer de la conversa, però inoculat per una inseguretat argumental molt evident.

—No vull que et preocupis gens ni mica per aquesta escenificació, desconcertat Milet d'Arboç —respon D'Avellaneda amb una sobredosi d'ironia—. Són circumstàncies accessòries i provisionals. Certament, m'havia de protegir. Ha sorgit un moviment paramilitar, ideològicament proper, segons argumentaries tu mateix, als absolutismes dels segles XVIII i XIX i als feixismes del segle XX, l'objectiu del qual és eliminar-me al preu que sigui en nom, com sempre, de la llibertat. Ja ho saps, no? Quan algú té el poder sempre sorgeix un altre poder que el vol sobreescriure. I jo simplement he aprofitat la volubilitat d'aquests éssers a la deriva que encara creuen en la ficció de l'amor, i en altres futileses de la mateixa naturalesa, perquè em defensin d'indesitjables. Uns indesitjables que tu mateix has creat, no pas jo, això ho has de tenir clar.

—Llavors, tot es redueix només a substituir un poder per un altre?

—El poder, el poder de debò, no es deixa substituir mai, tan sols canvia de nom —sentencia—. I escolta, no volies posar precisament un nom al teu país sense nom? —El canvi de rumb de la conversa desconcerta encara més Milet d'Arboç—. Doncs ara tens la possibilitat de fer-ho realitat.

—No hi ha cap possibilitat en un món d'éssers en descomposició ontològica —observa Milet d'Arboç fent un últim esforç racional.

—N'estàs segur?

—No ho veus tu mateixa?

—Què he de veure, disgregat Milet d'Arboç? Veig que estem en un hospital ple de pacients amb malalties diverses, i que a fora els cotxes continuen circulant com si nosaltres no existíssim. Com han fet sempre, al marge de les nostres tragèdies personals.

—No saps què dius, tant de temps de silenci t'ha fet perdre la capacitat de verbalitzar correctament els pensaments —s'atreveix encara a objectar Milet d'Arboç.

—No, estimadíssim Milet d'Arboç, són els teus pensaments, que han acabat ofegant les paraules, i per tant la facultat de representar el món tal com és i no tal com voldries que fos.

—Què m'estàs insinuant exactament?

—No ho entens encara? Jo no soc real, l'Elisenda d'Avellaneda que has creat no és real. Has viscut tota la vida forjant realitats impossibles, falsàries, castells en l'aire absurds en nom d'un més enllà que no existeix. Has concebut el que tu, i només tu, volies creure que era possible. I per fer-te la vana il·lusió que hi reeixies, has fet servir un llenguatge impostat, anèmic i impracticable. I has atribuït als altres les teves limitacions i fantasies. Estimat Milet d'Arboç, ets una mentida, jo soc una mentida i el teu món és una mentida. Fins i tot la crònica que has construït dels esdeveniments en aquesta narració és una mentida per amortir la teva buidor. O la teva vanitat. És mentida la Cabana de Recerca del Jo, és mentida el mur de Facebook, la Toti, els líders mundials, la catàstrofe planetària, les teves absurdes reverberacions mentals fonamentades en el plagi d'idees d'altres. No hi ha res de tot això. Mira el carrer, recony, mira'l, i digues què hi veus de debò! Què? Vinga, digues! Surt de l'habitació i observa si de debò hi ha algun sicari amb un ganivet oscil·lant o algun altre amb una destral amenaçadora. Mira, Milet d'Arboç, mira el que t'envolta amb els ulls i no amb el pensament. No hi ha cap món en perill d'extinció. No hi ha cadàvers. Ni voltors. Ni cucs. Ni salts al buit. No hi ha cap Elisenda d'Avellaneda. Em dic Puri i estic a l'hospital perquè m'han d'operar de morenes. I sobretot no hi ha cap Milet d'Arboç. Et dius Quim. I no has cardat mai perquè tens problemes irresolubles d'erecció fruit de la teva indolència corporal. I has substituït el sexe per pestilències cerebrals. I, per descomptat, no ets filòsof. Ni tan sols ets professor. I el teu país, estimat i tentinejant Milet d'Arboç, ja fa segles que té nom.

Milet d'Arboç, amb els ulls botits i febrosos, el cos garratibat de fremiments existencials i els pensaments obnubilats de matèries fecals, fa un bramul esfereïdor que ressona per tot l'hospital, es llança contra els vidres de la finestra i es deixa caure, fuetejat mansament pel vent, mentre recita al món les últimes paraules: «Pensar serà la meva tomba i la meva tomba serà la vostra condemna».

Plof!

Agraïments

Aquest relat no hauria estat possible sense les preuades reverberacions mentals d'Heràclit, Plató, Descartes, Hume, Kant i, sobretot, de l'insigne Milet d'Arboç (que en pau descansi en la glòria dels déus), però tampoc sense les tertúlies a misses dites, més properes en el temps i en l'espai, acompanyat de cosins, fills i parelles adjuntes (binàries o no binàries), en una petita vila selvatana anomenada Amer, durant les quals fem espetegar el món a cop de rialles. A tots us dec una engruna del paisatge literari que segurament no farà del món un lloc millor, però potser una mica més habitable per obra i gràcia de la paraula. Vull agrair també a la poesia (de la qual soc deutor incondicional) que m'hagi permès embastar aquesta distopia hereva del món desballestat on, massa sovint, vivim en absència. Però, sobretot, no puc ni vull oblidar la meva àvia, la Maria, a qui vaig tenir l'honor de cuidar durant els últims anys de la seva vida. Ella no hauria pogut llegir aquest relat (no sabia ni llegir ni escriure), però em va ensenyar la irrellevància dels coneixements humans si no van acompanyats d'aquesta font d'inspiració, confiança, respecte, passió i compromís que, amb el permís de l'impiu Milet d'Arboç, anomenem amor.

Cultura a cegues, cultura inclusiva i per a tothom

Tinc el plaer de felicitar Pere Gorgoll com a guanyador de la 25a edició, les noces de plata, del premi Roc Boronat de l'ONCE Catalunya per la novel·la que teniu a les mans, El dia que el món va fer un pet com un aglà. En la categoria per a escriptors cecs o amb discapacitat visual greu, el premi ha estat per a Pasqual Bernat i el seu relat L'Aniversari.

Des del 1999, l'ONCE Catalunya convoca el premi Roc Boronat en memòria d'aquest escriptor i polític que va ser promotor del Sindicat de Cecs de Catalunya, l'òrgan representatiu dels cecs catalans en temps de la República. Els objectius del premi són fomentar la creació literària en català, així com donar suport als escriptors en aquesta llengua, com ara Marc Cerrudo, Anna Punsoda, Teresa Solana, Lolita Bosch, David Nel·lo o Bel Olid, guardonats anteriors del premi. Tot això ho fem de manera inclusiva, acostant la cultura a tots els lectors i enfortint els llaços entre escriptors. I sempre apostant per una cultura a l'abast de tothom.

Enric Botí
Delegat Territorial ONCE Catalunya

El jurat del XXVè Premi Roc Boronat ha estat format per David Bernardo, Enric Botí, Arià Paco, Aissata M'ballo, Leandro Lamor, Noemí Prous i Maria Escalas.

Aquest llibre és fruit de la dedicació de tot l'equip
d'Amsterdam Llibres. Esperem que hagis gaudit llegint-lo
i t'animem a compartir-lo amb altres lectors.